ザック・スナイダー監督作品

REBEL MOON

パート2：傷跡を刻む者

ザック・スナイダー［原案］
ザック・スナイダー、カート・ジョンスタッド、シェイ・ハッテン［脚本］

V. キャストロ［著］

入間眞［訳］

TAKESHOBO

Rebel Moon Part Two - The Scargiver
The Official Novelization
BY
V. CASTRO

日本語出版権独占
竹書房

CONTENTS

REBEL MOON

第一章

ノーブルは錯乱状態にあるのか獰猛(どうもう)な目をぎらつかせている。医療技師がプラットフォームに横たわるノーブルの様子を注視してから、ホログラム表示に目を戻した。

「このヴァイタルを見てください。鎮静剤をさらに増やすのは危険だと思います」

「いいからやるんだ！」ハドリアン・モンス医師が告げた。

技師がためらいがちにバイオ・メインフレームに歩み寄り、各種の液体が入っているユニットのスイッチを入れた。メインフレームから粘性の高い黄色の鎮静薬液が透明チューブを通ってノーブルの身体に流れていく。室内にいるほかの技師たちは固唾(かたず)を呑(の)んで見守っている。

鎮静剤が体内に入ったとたん、ノーブルの全身がぐったりとした。ヴァイタルを示すホログラムを見ると、脳の活動と心臓の動きが定常レベルに戻ったことを告げていた。若い技師が目をつぶり、息を吐いた。ほかの技師たちもそれぞれの担当作業に戻り、モンスが助手に注意を向けた。「状態が安定したら、第二段階に進まねばならない」

細い繊維状物質が出現してノーブルの全身に張りめぐらされ、サナギのように包みこんでいく。繊維はやがて膜へと変化していった。

医療ベイのメイン扉が開き、カシウス副長が入ってきた。彼はすぐさまノーブルに視線を向け、医療処置をほどこされる上官の様子をいつもの平然とした態度で見つめた。彼はモンス医師の隣に移動した。「生きているんだな」

モンス医師がうなずいた。「生きては……います」

ふたりが目を向ける中、ノーブルの姿がぬるぬるした膜にぴったりとおおわれて見えなくなった。

「この処置に関連するファイルはすべてマザーワールドに送ったのか？」

モンス医師がカシウスに顔を向けた。「遺体を回収したとき……実はマザーワールドから通信が入り、バイオ強化のリストが送られてきたのです」

医師がマルチ画面のバイオ・メインフレームに歩み寄った。あとについていったカシウスは、技師たちが自分のほうに視線を向けないようにしていることに気づいた。もしもこの処置が失敗に終わったら、新しい司令官になるのはカシウスだ。

モンス医師が画面のひとつを指し示した。

「最初は何かのまちがいではないかと思いました。よほどの幸運がなければ、あの状態で蘇生するなどありえないですから。分子レベルのバイオ強化など適用したら、ショックを乗り切れるはずがない。わたしが異議をはさむと、こう言われました……死んだら死んだときのことだ、と。彼が向こうの誰を怒らせたのか知りませんが、この命令は最高レベルから来たものです」

マザーワールドからの文書にざっと目を走らせたカシウスは医師に視線を戻した。「だが、生き延びた」そうつぶやき、ふたたびノーブルを見やる。ひょっとすると誤った提督の側についてしまったのではないか、と彼は思った。忠誠を誓う相手をまちがえたのだろうか、と。確実にわかっていることがひとつある――もしもノーブルがバリサリウスの名誉を傷つけたり、挑むような対応をしたら、彼ばかりか自分も消耗品として使い捨てられるだろう。自分の身を守るために別の計画を用意しておくべきかもしれない。

「話ができるようになったら呼んでくれ」

医師がうなずき、カシウスはひとまず艦を指揮するために戻っていった。

カシウスがかたわらに近づいたとき、ノーブルのまぶたが震えた。唇が開いて濡(ぬ)れた音をさせた。顔と首の部分の膜はすでに除去されていた。ノーブルは顔をしかめながらごくりと唾を飲みこむと、うっすらと目を開け、まぶしそうにカシウスに視線を向けた。何か言おうと口を開けたものの言葉は出てこない。カシウスがモンス医師を振り返ると、うなずきが返ってきた。カシウスはノーブルの唇に耳を寄せた。

「カシウス……ここはどこだ?」その声はかすれ、ささやくようだった。

カシウスは身を起こした。「ここはあなたの艦〈王のまなざし(キングズゲイズ)〉です。現在もゴンディバルの軌道上に浮かび、あなたの完全な回復のためにあらゆる手をつくしています。われわれの願いは通じました」

ノーブルは副長をじっと見つめた。「わたしが死んでいたら、艦はおまえのものになっていたな、カシウス」

カシウスは何も答えず、感情のかけらも見せずにいた。確かに自分のものになったかもしれないが、マザーワールドに対して山ほどの釈明に追われただろう。

「あなたが生きておられてうれしく思います。われわれ一同、あなたが司令官に復帰するのを心待ちにしております」

ノーブルが部屋に視線をめぐらせてから、またカシウスを見た。

「そうであるなら、カシウス、よく聞け……ヴェルトだ。あの女はヴェルトにいる」噛(か)みしめた歯のあいだからささやくように言う。

カシウスは眉をひそめた。誰のことか予想はつくが、彼はノーブルの口から話させるすべをだいぶ前に学んでいた。ほしい情報を正確に得るには、ときとして何も知らないふりをしたほうがよい。「誰のことです？」

ノーブルが頭を持ち上げようとして顔をしかめた。そこには怒りがあった。

「〝傷跡を刻む者(スカーギバー)〟……憎むべき者……あの女はヴェルトにいる。進路をヴェルトに向けろ」

「デヴラ・ブラッドアックスはどうします？　追跡はまだ完了しておりません。反逆者について上層部から問われるでしょうから、満足のいく回答が必要です」

「そちらは二の次にしろ。連中は単独では無力だ。今はブラッドアックスに勝ち目はない。アルテレーズをこの手に捕えれば……デヴラ・ブラッドアックスが逃走中であることなど誰も気にかけないだろう」

ノーブルは頭を振って目をしばたたくと、プラットフォームに頭を下ろした。それ以上何も言わずに天井をじっと見上げている。

カシウスは敬礼した。「承知しました、提督。そのようにします」

カシウスは医師に向き直って小さくうなずいてみせると、針路を設定するとともにヴェルトでの計画の進捗を確かめるためにメインデッキへ戻った。ヴェルトへの通信を開始する前に制服を整えていると、ホログラム通信の準備をする士官が手を止めた。

「こちらがまだ予定進路にあることを彼らに伝えるのは賢明だと思いますか？」

カシウスは士官の手をホログラムパッドから離させ、あえて目と目を合わせた。

「われわれはひとりの若い女を必要とし、穀物を必要としている。そのどちらもヴェルトで手に入るのだ。連中がどのような反撃をしてこようと、両方とも手に入れる」

士官が敬礼して立ち去った。カシウスはホログラム通信装置の前でひと呼吸おいた。ノーブルに対する忠誠心が初めて揺らぐのを感じていた。ノーブルがどんな人物で、何に突き動かされているか、今では正確に把握している。何年もかかってあの男の扱い方を会得してきた。だが、もしもノーブルの権威が失墜すれば、自分も道連れにされてしまう。これがきわめて個人的な案件になったことをカシウスは悟った。問題が無謀で厄介になるのは、たいていそのようなときだ。彼はこれまで、インペリアムの多くの者たちが出世しては没落するさまを目の当たりにしてきた。没落の原因は、自由を謳歌することで自分たちが実際の地位よりも高位にあると思いこむことにつきる。

バリサリウスに比べたら、ノーブルなどまるでやさしい乳母のように思える。カシウスにとってノーブルは、自分の命を捧げようと思える人物ではない。そして、あの反逆者たちの姿にふと迷いを覚えた。ゴンディバルで、彼らがきわめて不利な状況で戦うさまをじっくり観察した。ふたつの別々の反乱集団がひとつの目的のために結集し、インペリアムに立ち向かおうとしていた。計画は完璧だったはずなのにノーブルは敗北を喫し、ブラッドアックス姉弟の片割れだけが死んだ。彼らは一致した大義のためなら、そしてたがいの存在のためなら、死をもいとわないことを証明してみせたのだ。あの結束はインペリアムのそれをはるかに超えており、危険以外の何ものでもない。

第二章

　コラと、疲労の色はあるものの無傷の戦士たち一行は、ウラキの背に揺られながら緑豊かな山々を難なく越え、周囲から隠れた盆地に入ると、村を目指して進んだ。村はずれの道の入口に到達したとき、コラとグンナーは思わず顔を見合わせた。ふだんの活気ある村の様子を期待していたのに、まるで逆だった。村は静まり返り、一見したところひと気がない。畑や家の外で仕事をしている者の姿がまったくないのだ。ウラキも一頭も見当たらないから家畜舎にいるにちがいない。コラはグンナーを振り向きつつ、いつでも銃を抜けるよう片手を腰のあたりに下ろした。どこか異様な光景に緊張を感じながら、彼女はウラキの背でまっすぐ身を起こし、表情を引き締めた。ノーブルと戦って無事に戻ってこられたことで得た穏やかな安堵(あんど)が、にわかに強い警戒感に変わっていく。その張りつめた感覚は、ある意味、彼女にとって心地よいものだった。「畑に誰もいない」

　グンナーがうなずき、どんな細かい点も見逃すまいと注意を払いながら村を見渡した。

「見ろ、集会所の煙突から煙が出てる。暖炉に火が入ってるんだ。何が起きてるのか確かめよう」

　グンナーとコラはウラキの歩調を速めて石造りの橋に向かい、村人たちの居どころが見つかるのを期待しながら集会所に近づいた。建物のそばまで行ったとき、村の鐘の横にデンとハーゲンが立っているのが見えた。デンがコラをまっすぐ見つめて帰還を喜ぶ笑みを浮かべ、ハーゲンが一行に手を振った。コラは懐かしい顔を見てようやく緊張がやわらぐのを感じた。ハーゲンが戦士たちの顔をひとりひとり確かめ、にんまりと笑っている。一行は柵の前で止まると、乗ってきたウラキから降りて杭(くい)につないだ。

「あんたがたが東の斜面を下ってくるのが見えた。わしはハーゲンだ」彼のまなざしは柔らかく、コラに向けた視線には心からのうれしさがにじんでいた。ハーゲンがデンをともなって戦士たちに近づいた。「こっちはデン。村人一同、この粗末な村に来てくれたあんたがたを歓迎するよ。疲れてるだろうし、腹も減ってるだろう」

タイタスがフラスクをかかげてみせた。「それに、喉もからからだ」

ハーゲンがうなずき、手を打ち鳴らした。「あんたがたのために集会所に食べものと飲みものを用意してある」

グンナーが満面の笑みでハーゲンの肩をたたき、戦士たちを振り返った。「さあ、来てくれ。ぼくたちがどんなにもてなし上手か見てもらおうじゃないか」

ハーゲン、グンナー、そしてデンがきびすを返し、集会所に向かう。戦士たちもそのあとに続いたが、コラだけはその場に残った。そのとき彼女の名を呼ぶ声が聞こえた。

声のほうを見やると、笑顔のサムが立っていた。とても元気そうだった。サムはコラに向かって手を振ると、くるっと向きを変えて穀物倉のほうへ走っていった。コラは彼女の後ろ姿を見送り、遠くそびえる山々に目を移した。こんなに美しい土地に戻り、ふたたび大地に根を下ろす感じを味わうのは、とても気分がよい。彼女は深く息を吸うと、ほかの者たちのあとを追って集会所へ向かった。

サムが息を切らしながら穀物倉に駆けこんできた。頬がすっかり紅潮していた。「みんなが戻ってきたわ！」彼女はアリスの前に立ち、興奮の笑みを浮かべた。

アリスは銃の修理の手を止め、腰かけていた木樽から立ち上がった。彼もその知らせに顔を輝かせた。「来たのはどんな人たち？」

「強そうよ。戦士はこうあるべきって思う見た目だった。コラならきっと連れて帰ってくれると思ってたわ。これで本物の戦士がわたしたちといっしょに戦ってくれるのね」

アリスは最初の興奮がおさまり、現実的な思考に戻った。「彼らの人数は？」

「六人……かな、コラとグンナーを入れて」

彼はその数に落胆してかぶりを振り、現在もインペリアム軍の装備類が保管されている穀物倉の中を見回した。「六人？　それだけじゃ、見た目がどんなに強そうでも関係ないな」

サムの表情が曇った。「そんな」

アリスはサムに歩み寄って彼女の手を取ろうとしたが、そのとき大きな電子音が鳴り響いた。上官がコムリンクを通じて連絡してきた合図だ。彼は焦ってあたりを見回した。

「隠れて！　きみの姿を見られるとまずい」

サムがうなずき、積んであるクレートの背後にうずくまった。彼女が視界からはずれたのを確認すると、アリスはホログラム通信装置に駆け寄った。応答する前に髪に指を通して整え、制服のわずかな乱れも直す。プレート上を指でスワイプして通信を受けると、ホログラムに見慣れた顔があらわれた。アリスは「カシウス副長」と呼びかけながら敬礼した。

「二等兵。すべて順調に進んでいるだろうな？」

「イエス、サー。すべて目標どおりです」

相変わらずカシウスの表情は読めない。内面の思考や感情をおもてに出さないことに長けている男なのだ。カシウスがアリスをじっと見つめてから尋ねた。

「通常と変わったところはひとつもないのか？」

アリスは平然とした顔で答えた。「ありません」

「よろしい。穀物を計画どおりにまちがいなく収穫しろ。われわれの到着は五日後になるから、その日に備えておけ」そう言うと、カシウスは一方的に通信を終わらせた。

アリスはカシウスの姿が消え去った空間を見つめてから、サムの隠れ場所をゆっくり振り返った。

「もう出てきていいよ」

クレートの陰からサムが用心深く立ち上がる。彼女の顔には、兵士たちから受けた暴力の記憶から来る恐怖と不安が入り交じって見えた。彼女が声を震わせた。「五日後ですって？」

アリスは陰鬱な顔でうなずいた。「すぐに集会所に行かないと」


戦士の一団が集会所に入っていくと、そこには誰もいなかった。動くものといえば暖炉のひとつで燃えている炎だけで、テーブルにはいくつものパンのかたまり、ハードチーズ、ドライフルーツ、いかにも新鮮な野菜、肉などが並んでいた。果実の盛られたバスケットの横には、水やエールで満たさ

れた水差しが置いてある。村人がひとりもいないのを見て取ったタラクがタイタスを振り返った。

「初対面の印象は今ひとつだな……歓迎されてないのか？」彼は小声で言った。

ハーゲンが咳払(せきばら)いをし、戦士たちの前に立つと両手を握り合わせた。

「村人たちは、ここまで来てくれたあんたがたに誠心誠意の感謝をあらわそうと、できるかぎりのごちそうを用意した」

コラは困惑とともに集会所の中を見回した。「でも、みんなはどこ？　どこかに隠れてるの？」

ハーゲンが首を横に振る。「隠れてるわけじゃない……相手への敬意を示すために、自分たちの恥を隠しておるんだよ」

「恥？　なんの？」コラはきいた。

デンがコラを見てから戦士たちに顔を向けた。

「あんたたちはどう感じる？　自分がみずからの故郷を守るために戦うこともできないとしたら？　ほかの誰かに、自分たちのために命を投げ出してほしいと頼まなきゃいけないとしたら？　こんなことはおれたちの村の歴史で一度も起こったことがないんだ」

「村の人たちに少し時間をあげようよ」口を開いたのは、女性の身体で生まれたがどちらの性別も自認しないミリウスだった。「こういう村の人たちにとっちゃ、たいへんなことなんだ、プライドを飲みこんで助けを求めるのは。それって勇気そのものじゃないか」そこでハーゲンに向いた。「おれたちがここにいても恥じることなんかないって、村の人たちにわかってほしい」

コラはミリウスにほほ笑みかけてから、デンとハーゲンに告げた。

「それに、今や状況は変わったの。誰も命を投げ出す必要なんかない。もう村を守る必要もない。ノーブル提督は死んだ。わたしたちはあいつを殺したの」

「殺したのはきみだよ、コラ」グンナーが目を輝かせてコラを見ながら言った。

それを聞いたハーゲンは心底驚いた様子だった。急に表情が明るくなり、デンと顔を見合わせた。

ふたりとも大きな笑みを浮かべた。

「おまえさんは、連中がここにはもう戻ってこないと考えておるんだな?」

「うん、そう思ってる。それがインペリアムの通常手順だから。提督が死亡した場合、ただちにマザーワールドに帰還することになってるの」コラもハーゲンと同じくらい明るい顔で答えた。

急に部屋の雰囲気が浮き立ち、ハーゲンが彼女に一歩近づいた。「おまえさんはわしを恩人だと言ってくれるが、そうなると、おまえさんはそれ以上にわしらの恩人ということに……」

「そうはなりません」

聞こえた声に一同が振り向いた。集会所の戸口にアリスがサムをともなって立っていた。

「今、やつらから、五日後にここに来るって連絡が入りました」

デンがさっとコラに向き直った。「きみがその手でノーブル提督を殺したんじゃなかったのか?」

コラは床に目を落とし、ノーブルの墜落死体を見下ろした最後の瞬間を思い起こした。彼の周囲にはまるで死の赤いオーラのように血が広がっていた。

「確かにあいつを殺した。あいつは岩礁にたたきつけられたの。まちがいなく死んだわ。艦を指揮する提督なしに来るなんて、規則に反してる」

もとはインペリアムの歴戦の将軍だったがマザーワールドに反旗をひるがえしたタイタスが一歩進み出た。「われわれもみなこの目であの男の死にざまを見た。だが、わたしの経験では、マザーワールドにとって〝死〟は必ずしも目的の妨げにはならん。こちらが考える以上に、連中はこの村の穀物を必要としているにちがいない」彼はハーゲンを振り返った。「村人たちを呼んでくれ」

ハーゲンがうなずきを返してから集会所を飛び出していった。ほどなく、村中に聞こえるほど明瞭で大きな鐘の音が鳴り響いた。戦士の一団はコラを先頭に集会所から歩み出て、ハーゲンと合流した。鐘の音を無視してはならないことをよくわかっている村人たちが、それぞれの家から続々と姿をあらわし始めた。彼らはちらりとハーゲンを見やり、次いで見知らぬ戦士たちに目を向けつつ、敬意を示す距離を保っている。全員が集まったと思われたとき、タイタスが村人たちの集団の前に立った。いかにも天性のリーダー然とした堂々たる立ち姿には自信が満ちあふれ、語りかける声は太く大きく響いた。

「われわれみなの前に、暗雲が立ちこめている。いざというときが来たら、われわれ全員がともに立ち上がらねばならないだろう。戦いにおいて、われわれは兄弟姉妹であり、ある者の生命がほかの者の生命よりも価値があるなどということはない。成功をおさめるには、たがいの信頼が必要不可欠となる。ただし、信頼という川は双方向に流れるものでなければならない。すぐにも、きみたちに戦いのやり方を教えよう。それにはまず、きみたちの強みと、この土地のやり方を知る必要がある。迅速に行動しなければ、きみたちの村の滅亡はほぼ確実になってしまうぞ」そこでひと息おいて群衆の反応を確かめてから、タイタスはハーゲンに向いた。「穀物を収穫するにはどれぐらいの時間がかかる？」

「赤色巨星マーラのまわりを半周するあいだ」

タイタスは首を横に振った。「三日以内に終えねばならない」デンとハーゲンが顔を見合わせた。

村人たちもたちまちつぶやきを交わし合う。タイタスが続けた。「男も女も動ける者は総出で収穫作業をおこなうこと。穀物というのは最も強力な武器なのだ。それがないとなれば、連中は軌道上からわれわれを吹き飛ばすかもしれん。早急に穫り入れを終えれば、われわれはその穀物を交渉の道具や盾として使える」

デンがコラに顔を向けた。「きみは、やつらが交渉に応じないと言わなかったか」

「ノーブル提督なら応じないわ。でも、彼がいない状態で来るということは……彼の副官が誰だとしても、取引に前向きなんだと思う」

村人たちは不安と懐疑の顔をたがいに見交わしている。数名が何やらささやき合っているものの、おもて立って発言する者はいない。タイタスが村人たちのほうに歩み寄った。

「さあ、今夜はたっぷり休んでくれ。作業は明日の夜明けとともに開始する」

そこで散会となり、集まっていた村人たちは各自の家へと戻っていった。

タラクがきびすを返し、集会所の入口に向かった。「早寝するのはおれも大賛成だが、その前に何か食べられるか？」

彼のあとから集会所に入ったハーゲンがうなずき、テーブルを手で示した。「どうぞ、食べてくれ。この集会所は好きに使ってくれてかまわんから。今夜ここで寝泊まりできるように毛布やら何やらも

用意しておいた。ほかに何か入り用なものがあれば、このわしに申しつけてくれ」

グンナーがハーゲンに近づいた。「あんたも休んでくれ。ここからはぼくがやるから」ハーゲンが了解し、戦士たちを残して集会所から出ていった。

午後の遅い時間帯がゆるやかに夕暮れに変わっていく中、彼らは黙々と食事をした。彼らにとって地上で初めて口にする本物の食事は、カイの貨物船の中で食べてきた百年たっても腐らないようなパックの代物とは比べものにならなかった。

顔をうつむけていたミリウスが目を上げて暖炉の炎を見やり、それからエールを注いだゴブレットをかかげた。

「ダリアンに。強く安らかに眠りたまえ。それから、今はどこにいるかわからないデヴラに。反乱の風が彼女を必要な場所へと導きますように」

「わたしも同感だ」タイタスがエールの残りを飲み干し、新しい一杯を注いだ。村は静けさに包まれており、聞こえるものといえば、遠くでウラキがいななく声とタラクが赤い果実にかぶりつく音ぐらいしかない。

ネメシスが早々に食事を終え、床にマットを敷いて横たわった。

コラはゆっくりと食事を噛みしめながら、インペリアムが規則を破ってまで計画しているのは何かを考え続けていた。

空がすっかり暗くなったとき、タラクがエール用の水差しを逆さに振った。もう一滴もこぼれ落ちなかった。「これは寝床に入れってことらしいな」

「たぶん、それがいい考えね」コラはそう言って席を立った。ほかの者たちが集会所に運びこんである寝具を広げ、寝る支度を始める。

グンナーも立ち上がった。「ぼくはきみと歩くよ……同じ方向だから」

「好きにして」コラは応じた。

第三章

上空の赤色巨星マーラが放つ光によって、夜の畑や村が神秘的なオレンジ色に照らされている。黄金色に輝いている穀物畑をそよ風がそっと揺らす。村人たちがそれぞれの家に吊るしたランタンに火を灯し、その暖かい光に虫たちが引き寄せられていく。コラとグンナーは、彼女がハーゲンと同居する家に向かってのんびり歩いた。

「みんなはおたがいに信頼するようになると思うか？　村はぼくたちの帰りをもっと喜んでくれると思ってたんだけどな」

コラは前方の道を見つめながら言った。

「みんな怖がってるのよ。よそ者が怖いし、不慣れな戦いに命懸けで臨むのも怖い。信頼するようになるか？　どうかな、わからない。わたしは、いざとなったときにみんなが立ち上がって戦う勇気を持ってくれるのを願うだけ」

「ぼくだってゴンディバルに行くまでは戦闘がどんなものか見当もつかなかった。どれほど恐ろしいか、も」

ふたりはハーゲンの家の前まで来て立ち止まった。コラは彼に向き直った。

「怖かったんだね、死ぬことが。でも、それでいいの。誰でもそうだから」

グンナーが彼女に近づいた。彼女の瞳の中にランタンの淡い光の反射が見えるほどの近さだった。

「いいや。あのときは死ぬことについて考えもしなかったよ。どんな気分かってきかれてたら、茫然(ぼうぜん)としてた、と答えただろうな。それに怖かった。今までの人生で一番怖かった。でも、死ぬのが怖かったんじゃない」

コラは彼の視線を受け止めた。「それじゃ、何がそんなに怖かったの？　死ぬことじゃないなら」

グンナーは黙ったまま彼女の目を見つめ、自分の思いをどう伝えればよいか言葉を探した。

「それは……きみだよ。きみを失うのが怖かった」

コラは何か言おうと口を開いたが、思いがけない告白に返す言葉が見つからなかった。彼のやさしさや誠実さ、傷つきやすさにどう応じたらいいのかわからない。彼女は何も言わずグンナーに身を寄せ、キスをした。彼のほうもコラの腰に手を回して引き寄せ、キスを返した。熱い衝動によってたがいの舌がからみ合う。彼女は「待って」と身を離した。

「ごめん。そんなつもりじゃ……」グンナーの目には不安が見て取れた。

「ううん……ここじゃなくて」コラは彼の胸に手を触れた。「あなたのベッドに連れていって」

グンナーが彼女の頬をなでた。彼の目はコラが今まで見たこともないほど激しく燃えていた。「きみの好きなようにするよ」

グンナーの家に入って扉を閉めたとたん、ふたりはきつく抱き合った。たがいに秘めていた情熱が、この瞬間に完全に解き放たれたようだった。コラが先にベッドに横たわり、すぐにグンナーが続いた。彼女は上半身から薄手の服を自分ではぎ取った。彼の素肌をじかに感じたかったのだ。暖炉の明かりに裸体を照らされながら、ふたりは官能的なキスを交わした。ゆっくりと、相手を味わいながら。コラは彼の顔を両手で包みこみ、自分のほうへいっそう引き寄せた。たちまち渇望がこみ上げてきた。身体の内側から満たさねばならない渇望が。相手に与えたいのは自分の肉体だけではない。それ以外の何もかも差し出したかった。

彼の唇と舌が胸のふくらみをとらえようと下へ移動していく。コラは下着をはずし、彼にほしいだけ許した。手で乳房を愛撫(あいぶ)され、口で乳首をついばまれ、彼女は目を閉じたまま小さくあえいだ。相手にじっくりと身体を探る時間を与えながら、彼女はゆるやかに性的絶頂の中へと入っていく。グンナーの口が彼女の腹部へと動き、あらわになった傷跡にそっと触れる。さらに彼は下に向かう。そこには、部屋の暖炉の火のごとく熱い部分が待っている。

彼がコラの両脚のあいだにうずめた唇だけで生み出す恍惚感(こうこつかん)によって、コラの背中は大きく反り返った。舌の動きを気にかける余裕もなく身もだえしてしまう。彼女がデンにけっして許さなかった方法で、グンナーは彼女の肉体を探っていく。彼に刺激されるうちにコラの左右の太ももはすっかり濡(ぬ)れ、彼女は強烈な欲望――おそらくは愛――の淵(ふち)へと深く深く沈んでいった。そこにはグンナーが苦もなく与えてくれる悦びしか存在せず、彼女はそれを受け入れて楽しむ自由を自分に許した。

グンナーが上に戻ってふたたび彼女の唇を求め、たがいの手をからみ合わせる。ほほ笑みながらコラの顔に触れる彼は、もはや感情を隠そうともしない。炎と、息づかいと、肌の感触。この刹那、あのゴンディバルの過酷な戦闘すら遠い昔のできごとに思える。コラが彼の手にそっと触れ、その目を覗(のぞ)きこむと、ふたたびキスが返ってきた。彼女はもっとほしくなり、身をひねって腹ばいの姿勢になった。背中におおいかぶさったまま、彼がコラの全身に両手をすべらせる。

彼が後ろから中に入ってくると、コラは思わず声をもらした。ふたりの肉体が溶け合い、彼が突くたびに同期して揺れる。コラは頭をのけぞらせながら振り返り、彼の唇をむさぼった。グンナーが片腕で自分の身を支え、もう片方の腕を彼女の身体に回すと、キスと同じ激しさで深く突いた。彼女は後ろに身体の向きを変え、ふたたびグンナーを真正面から見る格好で両脚を開いた。彼の左右の太ももに脚をからませ、さらに愛を交わし続ける。

グンナーが彼女の中に入ったまま彼女の身体を持ち上げた。コラはあぐらをかいてすわる彼にまたがった。顔と顔をつき合わせながら、彼女は腰をグラインドさせた。たがいの目を見つめながら、ふたりともあえいだ。彼がコラの腰に両腕を回し、コラは彼の頭をかき抱く。コラは彼の悦びを見て快感を覚え、グンナーは彼女の肉体が反応するさまを見て感じた。彼がベッドに背中をあずけて身体を安定させたので、コラはさらに行為をリードし続け、最後にもう一度キスすると、ふたりともくたくたになってベッドに倒れこんだ。

ふたりはたがいに腕枕をするようにベッドに横たわった。グンナーが彼女の素肌をなで、コラは彼の胸毛に触れた。

「ノーブルがきみのことを、この宇宙で最重要指名手配の罪人呼ばわりしてたけど……軍からの脱走だけじゃ、それほどの手配はされないんじゃないか？」

コラは彼の胸に軽くキスし、少し間をおいてから口を開いた。

「わたしがインペリアムの執権バリサリウスに育てられたことは前に話したわね。それから、わたし

がイッサ王女の護衛官だったことも」
「ああ、聞いた。きみは勲章を受けた兵士で、王族と親しい関係だった。王室の人たちに何があったんだ？」
「王女さまが持つ癒しの力の影響で、王さまは多くのものごとを異なる視点から見るようになった。そして、最も名高い将官バリサリウスが殺戮(さつりく)と残虐行為を武器にして恥知らずな戦いをしているという話を耳にしたの。そこで王さまはバリサリウスに指揮権を持たせ続けてはならないと考えた。あのとき、王さまは彼を排除しておくべきだった、いっしょにこのわたしも……。でも、王さまは彼のことを気に入っていて、怒りを覚えながらも息子のように思っていた。そして、どういうわけか、バリサリウスは元老院議員になってしまった」

コラはきらびやかで広々とした玉座の間でひざまずいていた。玉座の背後にある壮麗なステンドグラス窓から射しこむ陽光の熱のせいで、制服の中がひどく暑く感じられた。日差しがますます強くなる中、彼女はふと顔を上げ、ステンドグラスに描かれた絵を見つめた。はるか昔の偉大な戦士である女王――イッサ王女の名の由来となった女王――がコラを見つめ返してくるようだ。女王の隣には大型の猟犬が控えている。女王の肖像を透過してくる光には神聖な温(ぬく)もりがあるように思える。ほんの一瞬、コラは女王の慈悲深いまなざしに安らぎを覚えたが、すぐに恐怖で身が震えた。王がバリサリウスを叱責する怒声に身体の芯まで揺さぶられる思いだった。今は、ひざまずいて沈黙する以外に何もできない。彼女は命令にしたがうことに慣らされてきた。バリサリウスの顔を見たり、口をはさんだりする勇気はなかった。

「そなたは何をした？　いったい何をしたのだ！　そなたを信じておったのに！　それゆえ、あらゆる便宜を与えたのだぞ！」王が玉座から身を乗り出さんばかりにして声を荒らげた。憤怒で顔と首が紅潮している。「そなたがペテン師で嘘つきであると聞かされたとき、わたしはそなたを擁護したのだ。そして、まるで愚か者のごとく、今もこうして擁護しておる。それなのに、そなたはわたしを裏切り、まるでわたしの頬を打つように不名誉な行為を繰り返し、わが信頼や愛情や信義に唾を吐きかけておる。わたしはそなたを息子のように愛し、あらゆるものを与えてきた。しかし、王たる者が虐殺者を愛せようか？　そうは思えぬ。そなたはまさに……虐殺者なのだ。今から処分を決めるから、それまでわたしの目の前から消えるがよい」

王の言葉が終わったので、コラは顔を上げてみた。王の顔には怒りがあったが、それと同じくらい傷ついているようだった。衛兵たちが来て、バリサリウスとコラをはさむように立つ。彼女は立ち上がり、衛兵に付き添われて玉座の間から退出した。バリサリウスも同様にしたが、彼の目を見ると傷ついた様子はまったくない。むしろ嫌悪をたたえていた。玉座の間の大きな扉が背後で重々しい音とともに閉められ、ふたりはその場にぽつんと残された。コラがバリサリウスのほうへ近づこうとすると、彼が刺すような視線をさっと向けてきた。「あとにしろ」そう言うと、彼は険しい目つきで歩き去った。

何をすべきか、どこへ行くべきか、コラにはわからなかった。ひとまず居室に戻ったが、自分の世界がまたもや突然終わりを告げたように感じていた。王に追放処分を下されたら、ほかにどのような

人生がありえるのだろう。彼女は今の生き方しか知らず、家族はバリサリウスしかいないのだ。

コラは自分とバリサリウスの立場が危ういことを承知しており、彼と距離を保ちながら沈黙を守ることにした。彼女が宮廷の一員になれたのもバリサリウスの娘であるからにすぎないのだ。だが、王はやはり彼女が知っているとおり情け深かった。下された処分は追放や処刑ではなく、バリサリウスは軍務を解かれて元老院に議席を与えられ、コラは通常の任務を続けることになった。ほどなく、コラはバリサリウスから彼の邸宅に来るよう呼び出された。邸宅に向かう日の前夜、彼女は神経が張りつめて一睡もできなかった。あくる朝、敵のいる戦場へ初めて出ていく前に戦艦の扉が開くのを待つときのように全身に緊張を感じながら、彼に会いに出かけた。玉座の間の前で最後に別れたときに彼から示された冷ややかな態度を思い出すと、何を期待してよいのかわからなかった。

バリサリウスは邸宅の前の階段で満面に笑みをたたえながら彼女を出迎えた。何か変化があったのは確かだ。おそらくは王と個人的に会って話をしたのだろう。バリサリウスが両手を大きく広げ、コラを抱きしめた。「来てくれてうれしく思う。おまえが職務で忙しいことは知っておる」

「お呼びがあれば、いつでも喜んでまいります」

「よろしい。茶でも飲もうではないか」

父と娘は邸宅の中に入り、左手のメインルームに向かった。飾られている絵画はすべて彼自身の肖像画で、描かれた制服やアーマーはそれぞれ作戦ごとにちがう。

「腰かけてくれ、コラ」彼がふたり分のカップに茶を注いだ。コラはこの茶の香りが嫌いで一度も飲んだことがなかったが、今日は飲むことにした。

「いただきます」

「今度、元老院で特別議会があるのだが、その場におまえを招こうと思う。われわれの将来がどのようなものになるか、おまえ自身の目で見られるぞ」

コラは熱い茶をひと口飲み、どうにか笑みを作った。

「父上が新たな地位を楽しんでいらっしゃるようで何よりです」

「わたしは戦場よりもこちらのほうができることが多いのではないかと思うのだ。まあ、見ておれ。おまえは来週、遅滞なく来ればよい」

「そうします。お招きに感謝します」

コラは茶を飲みきったが、そのあいだ彼からはなんの質問もされなかった。あれから今日まで彼女がどうしていたかも、何を感じていたかも。それでもコラは、きっと彼は新しい地位のことで頭がいっぱいなのだろう、と考えて大目に見ることにした。


約束の日、元老院を訪れたコラは、特別に招かれて入場を許可された議員でない人びとに混じって議場の一番後ろに立っていた。バリサリウスが戦場にいるときと同じ激しい光を目にたたえて演壇に上がった。しばしの沈黙で聴衆の注目を集めてから、彼は熱っぽく語り始めた。

「わたしはここから遠く離れたさまざまな地において、いくつもの恐怖や滅亡を目の当(ま)たりにしてきました。来る日も来る日も、銃弾がわが頭部や心臓に命中するのを覚悟しつつ、各地の戦闘に身を投じてきたのです。最も神聖なるわがマザーワールドのためなら、何千回でもこの生命を捧(ささ)げるでしょう。これまで幾度となく生き延びてきたし、それこそが真の軍人であるからです。さよう、わが戦場の日々は過去のものになったかもしれません。しかし、わたしは今もこの命を、いや、この魂を、忍び寄ってくる外世界の闇からマザーワールドを守るために捧げましょう。現にわれわれには闇が迫ってきているのです。わたしはそれをこの目で見てきました。警戒をゆるめるなどもってのほか、不確かな将来に向かって進む以上、われわれは警戒を強めねばなりません。過去の人びとの名においても、未来の人びとの名においても」

演壇をたたくほどの激烈さと、抑揚をつけて強調しながら雄弁に語る彼の能力に、コラはすっかり魅了されていた。彼が戦場で見せた獰猛さも、政治家としての技能と狡猾さに比べたら影が薄い。四方の大理石に声が響く元老院の議場の中で、彼はまさに天職を見つけたのだ。

議場は爆発するような歓声に包まれた。バリサリウスは彼のために立ち上がって拍手する聴衆を見渡し、その顔を輝かせた。コラは王と王妃にちらりと目を向けた。ふたりは拍手どころか、にこりともしておらず、元老院の反応を見て憂慮の表情を浮かべている。議場に王女の姿はなかった。まだ子どもだからだ。コラは葛藤を感じていた。彼女自身は〝外世界〟から来た者だが、忠誠を誓う相手はバリサリウスと王である。

特別議会のあと、王宮の庭園で歓迎式典が開催された。春の訪れによって活気を与えられた庭園では花々が咲き乱れ、その香りがあたりに満ちている。陽光は暖かく、かといって夏の厳しい暑さはまだ感じられない。天幕の下では弦楽が演奏されている。コラとバリサリウスは、王と王妃とイッサ王女に謁見する順番を待つ政治家たちや外世界代表団の列に向かって歩いていった。

「本当にすばらしい演説でした。おめでとうございます」

コラがそう言っても、バリサリウスは顔になんの感情もあらわさず、周囲をすばやく見回した。ほとんどの招待客は会話や飲みものに夢中になっている。

彼は何ごともないかのように平静を保ちつつも、声をひそめて告げた。

「娘よ。悠揚ならざる知らせがある。王が退位し、王国(レルム)を王女に譲るつもりだと聞いた。しかもインペリアムの解体を計画しているという。王が言うには、イッサ王女が王の目を見て『あなたを許します』と告げたそうだ。『今こそ正しいことをすべきです』とな」

彼の顔が不快そうにゆがんだ。

「信じられるか……〝娘〟が〝父親〟を許す、だと？　そのようなばかげた話は聞いたことがない。娘は自分の立場をわきまえるべきだ」

その最後のひと言で、コラの中で何かが反応した。「今の話が本当であるなら、イッサ王女は叡智(えいち)と理性でレルムを統治するでしょう。わたしがおそばですごしてきたすべての時間が、そうした希望を与えてくれます」

彼がコラの目を覗きこんできた。その表情は冬の宮殿の凍りついた湖よりも冷ややかだった。

「それはまったく真実かもしれぬ。だが、粛正が始まれば、真っ先に追放されるのはおまえとわたしだぞ。われわれが犠牲にしてきたものが何もかも無に帰してしまう。そのようなことを認めるわけにはいかぬ。レルムはおまえやわたし、ましてや幼い王女をもはるかに超えた存在なのだ。血にまみれた宮廷で統治する代わりに子どもの無垢(むく)の陰に隠れるような腰抜け王の罪悪感なぞによって犠牲に

なってたまるものか」

彼の感じている怒りは今にも触れられそうなほどだった。コラは周囲に注意を払った。誰かに気づかれたり聞かれたりしていないだろうか。客たちは相変わらず笑顔を振りまき、会話に余念がない。バリサリウスと同じ恨みを持つ者などいないようだ。

「わたしたちに何ができるのですか？　それが王のご意向なのですよ」

彼は大勢の人びとが王室のご機嫌をうかがう様子に険しい視線を向けたが、口元には冷笑が浮かんでいた。「王は単にひとりの人間にすぎぬ。将官全員と元老院議員の半数は、わたしのおかげでその地位にあるのだ」彼がコラの目を見つめた。「わたしが軍事執権となれば、おまえはもう王女の下僕ではない。おまえが王女に取って代わるのだ」

その言葉の中にある氷の冷酷さに心と思考をおおわれてしまい、コラは背筋に震えが走るのを感じた。

「議員、話をしてもいいかな？」

バリサリウスは声をかけてきた元老院議員のひとりに顔を向けた。

「ああ、もちろんだとも、議員。話し合うべきことがたくさんある」

バリサリウスが立ち去り、ひとり残されたコラは彼の言葉の真意を推し量ろうとした。日差しの明るさと優雅な音楽が神経にさわり、彼女は会場から出る道を探して群衆を見回したが、そのときイッサ王女と目が合った。王女が愛らしくほほ笑みかけてくる。コラもどうにか笑みを返したが、まるで欺瞞に感じられた。気持ちと忠誠心が引き裂かれるようだった。彼女は「わが命は姫の命のために」

の文字が刻まれた特別な拳銃に手を触れ、どちらかを選ぶはめにならないことを祈った。

事態はバリサリウスが言ったとおりに進み、王はみずからの権限をひとり娘であるイッサに譲ると公表した。その最初の行事は最新鋭の巨大戦艦の中で執り行われることになった。バリサリウスとコラもその行事に出席する予定だった。

完成間近の巨大戦艦は、建造用プラットフォームに固定された状態でマザーワールドのはるか上空に浮かんでいる。この艦の竣工はレルムの歴史の転換点を意味した。以後、このクラスの巨大戦艦はもう建造されない。父親によって始められた領土拡大の時代が、新しい指導者となる娘の最初の公務によって象徴的な終わりを迎えるのだ。式典では、戴冠式を前にした王女が伝統にのっとり艦の動力を始動させる。

マザーワールドが全宇宙で優位に立つことができた秘密は、カリと呼ばれる奴隷生物から得られる無尽蔵のエネルギーにあった。どの巨大戦艦の中心部にも、この古代の女性型ヒューマノイドが半覚醒状態で拘束され、その身体から膨大なエネルギーを抽出するためにチューブで艦とつながれている。代わりに彼女たちが摂取するのは征服した世界の有機物だ。彼女たちはひとりひとり罪深い王に祝福を受けているが、それもこの最新の艦に拘束された個体で最後になるだろう。

カリの生み出すエネルギーにより、想像を絶するほど遠くにあった世界が手の届くものとなった。各戦艦のボイラー室には滅亡に追いこんだ世界から得た有機物が山積みにされ、熱気の中で兵士たちがそれをシャベルで炉にくべると、太いチューブを通って、身動きのできないカリの開いた口の中に直接送りこまれる。彼女たちは身体と同じ形状の巨大な金属容器に閉じこめられ、半眼で謎めいた時空間を見つめるしかない。そうやって彼女たちは半覚醒のまま、戦争を促進するためにエネルギーを供給し続けてきた。

王家の降下艇が未完成の巨大戦艦にドッキングした。王と王妃、そしてイッサ王女が下船した。若き王女はくすんだローズピンクのドレスに白い手袋を着用し、コラとエリート将官たちに挨拶した。コラが深く頭を下げ、将官たちも同様に拝礼する。

「王女さまを機関室までご案内できて光栄です」

「ありがとう、アルテレーズ」

王女は落ち着き払い、このような重要な行事に際しても動じる様子がなかった。将官たちが向きを変え、一団はコラを先頭にして薄明かりの通路を進んでいった。通路は静かで艦が動力を送りこみ始めた低いうなり音しか聞こえない。艦の中央部に向かってさらに奥へ歩いていくと、通路の突き当たりにバリサリウスが立っているのが見えた。彼は一行を見るなり大きな笑みを浮かべた。両手を広げて歓迎の意を示してからひざまずいた。コラはそのわざとらしさが気に入らなかった。以前に彼が語った王女に対する思いとは相反する態度だった。

「王女さま」

イッサ王女がバリサリウスを見下ろした。「立ってください、議員。わたしはまだ女王ではありません。ですが、はっきりと申しておきましょう。女王になったら、わたしはすべての戦艦を退役させ、カリをひとり残らず自由の身にします」

コラはバリサリウスについて自分のことのように熟知している。王女を見上げたときに彼が浮かべた作り笑顔の裏に侮蔑があるのがよくわかった。彼が立ち上がる。

「あなたが女王になられたら、当然そのようになさるでしょう。その日が来たら、あなたがその叡智でどのような命令を下そうとも、わたしはそれを擁護するためにこの命を捧げる所存。ですが、それまではあなたがお父上とレルムに敬意を払い、今日すべきお務めを果たされることだけを願っております」

まるで意思と意思が火花を散らすように、イッサ王女とバリサリウスは見つめ合う視線をはずさなかった。どちらもまばたきひとつせず、温かみを示さず、本心も見せない。これ以上ないほど対照的なふたりを人びとが見つめる中、通路が息苦しくせばまってくるようだった。王女がうなずきで応じたが、何も言わなかった。バリサリウスも同じくうなずきを返し、王のほうへ歩み寄った。

「わが君、音楽が始まったら、あなたと王妃さまが先に入室し、王女さまにはあとから入室していただきます。王女さまにふさわしい象徴性を与えるためです。そのあと、王女さまがカリの除幕として主電源バルブを開き、銘板からベールを引きはずします。そこで将官と議員たちが拝礼し、式典が終了します」

王がバリサリウスの肩に片手を置いた。その目には好意があった。

「わたしはそなたを誇りに思う。こたびの軍人から議員への転身に苦労するのではないかと思っておったが、世界が進化すべきこと、われらが進化すべきことをそなたも理解してくれたようだな」

バリサリウスの唇に笑みが浮かんだ。

「そのとおりです、わが君……わたしは理解しております。では、中に入って準備が整ったか見てま

いります」

「感謝する、バリサリウスよ。われらのあいだには意見の不一致が存在したが、それも終わりを告げた」

バリサリウスが王の言葉と存在を受け入れるかのように動きを止めた。ふいに彼の表情に言いようのない悲しみがきざしたように見えたが、次の瞬間にはもとの態度に戻っていた。

「音楽の合図をお待ちください」

バリサリウスはそう言ってイッサ王女を一瞥（いちべつ）すると、キーパッドのボタンで扉を開け、暗い機関室へ入っていった。彼が入ると扉が自動的に閉まった。

王がともに入室する王妃のためにひじを曲げて差し出した。イッサ王女に温かくほほ笑みかけるふたりの目は誇らしさで輝いていた。王女は通路に視線をさまよわせてから、両親に笑顔を作ってみせると、機関室の扉に神経質なまなざしを向けた。その様子を見た王妃が娘のためらいに気がついた。

「大丈夫よ。この式典はたった一度のことで、何も怖がることはないわ」

コラは後方にさがり、昔に死んだ実の両親の顔を思い出そうとしたが、頭には何も浮かんでこなかった。そんなことをしてもなんの意味もない。突然、弦楽器の音色が静寂を破った。低いビブラートが入場の合図だ。扉が開かれ、最初に王と王妃が部屋に歩み入り、次にイッサ王女、さらに敬意を払って距離をおいたコラがあとに続いた。演奏家たちは黒い頭巾をかぶっていた。頭巾の正面には、大きく見開かれたひとつ目とそこからこぼれるひと粒の涙が描かれている。王家の三人が入室したとたん、音がぱたりとやみ、部屋の中が静かになった。王が困惑したようにあたりを見やった。彼の前には何人もの元老院議員と将官たちが立っていた。王は部屋の様子を見回し、空気を探るように片手を挙げた。さらに三歩進み出て、一本のパイプに手を触れた。

「ボイラーが冷えておる。それに、カリはどこだ？」

バリサリウスは演奏家たちの横に無言で立っていた。その顔には悪意が露骨にあらわれ、欺瞞が半ば暴露されていた。振り返った王と王妃の目に映ったのは、鞘（さや）を払った剣を握って迫ってくる議員たちだった。王がさっとバリサリウスを見やると、彼もまたその手に剣を持っていた。鋭利な刃先に光が反射している。王とバリサリウスはたがいに視線を合わせた。バリサリウスに対する王の感情は今やボイラーと同じほど冷えきっていた。

「王女がそなたのことをわたしに警告していた」王が告げた。

バリサリウスは何も言わず、イッサ王女のほうを見た。王女はおびえた目で部屋の外へ戻ろうとしたが、出口はすでに将官たちによってふさがれていた。バリサリウスが剣を強く握りしめ、その手を高くかかげた。

「待て！　やめよ！」王が叫んだ。「イッサはまだ子どもだ」

バリサリウスは人間らしさのかけらもない目で王を見た。裏切り者の元老院議員にとって、王と分かち合ったすべての時間にはなんの意味もなかった。彼がこの宇宙で関心があるのはただひとつ――自身の栄光だけだ。

これで本当に終わりだと悟り、王の表情が暗く翳（かげ）った。王が王妃の手を取ろうとしたとき、将官たちがふたりを刺し殺そうと襲いかかった。王はその一撃から王妃をかばおうとしたが、それは自身の

死を早めただけだった。部屋には王妃の悲鳴と、斬りつけられた王の叫びがとどろいた。

王妃が王にすがりつこうとしたものの、ひとりの将官の手で引き離された。王は床に四つんばいになったまま何かを告げようとしたが、首の傷から出血が止まらない彼の口からは、かすれ声しか出てこない。ローブはすでに血でぐっしょり濡れていた。王妃が夫に手を伸ばそうとしたが、将官が彼女の背後から腰に腕を回して動きを封じ、刃物を喉にあてがうと、王の目の前で真横に切り裂いた。深く切れこんだ傷は頸椎（けいつい）まで達し、もう少しで王妃の首が落ちるところだった。

眼前で王妃が倒れ、王は大きく見開いた目に涙を浮かべた。王妃の頭部は後方にだらりと傾き、光のない目が王を見返していた。

バリサリウスが王のうなじをブーツで押さえつけ、何度も何度も踏みつけると、とうとう骨の折れる音が聞こえた。王は目を開けたまま、妻の隣でうつ伏せに倒れた。バリサリウスが薄ら笑いを浮かべた。「おまえや身内が死んだのは、わたしのせいではない。おまえ自身の愚かさのせいだ」

イッサ王女は両親の遺体を見つめ、すすり泣いた。彼女がコラを振り返って見た。そのときコラは革手袋をはずし、震える手で銃を抜いた。銃口をまっすぐイッサに向ける。ふたりは目と目を合わせた。イッサ王女が銃に視線を向けてから、ふたたびコラの目を見つめた。

「やれ！　今すぐやってしまえ！　われわれか、やつらか、ふたつにひとつだぞ」バリサリウスが怒鳴った。顔には血しぶきがかかり、口の端には唾の泡が吹いている。

イッサ王女は彼の顔を見ようともしない。コラ以外の誰も見ていない。もはや王女の運命は決していた。涙が頬をつたい、その顔に静かなあきらめがよぎった。

「あなたを許します」王女がコラに告げた。

コラの手はまだ震えが止まらない。こうしなければならないとわかっていたが、それがどれほど困難な行為であるかは予期していなかった。コラは養父を信じていた。彼女のこめかみから汗が流れ落ちた。「どうか何も言わないで……」

「殺せ！」バリサリウスが叫んだ。

コラは小さく開けた口から金属臭のする淀んだ空気を吸いこむと、引き金を引いた。イッサが胸に手を当てた。胸にあいた穴から明るい光が放たれる。コラは目がくらむほどの閃光にたじろぎ、手を両目の前にかざした。しばらくして目を戻すと、そこには生命のない王女が横たわっていた。

幼いころの王女の記憶がコラの脳裏をよぎった。小さな手が放つ生命を与える光、明るい笑い声、王と散歩する姿。コラはバリサリウスを振り返った。養父の顔は血と涙にまみれていた。

「おまえは、なんということをしたのだ？」

バリサリウスがコラから目をそむけ、王族殺害に手を染めたばかりの将官たちに視線を注ぐ。将官たちは剣を手にしたまま、じっとコラを見つめている。まるで周到に準備したかのように彼らがいっせいに叫んだ。

「この裏切り者！　暗殺者！　王族殺し！」

彼女は弁明するように首を横に振った。助けを求めてバリサリウスを見やる。答えか説明を与えて安心させてほしかった。バリサリウスは人さし指をナイフのようにゆっくり突きつけてきた。

「そこにいる女こそ……王族の殺害犯である。〝外世界の者〟、すなわち民族の純血を冒す癌なり。ま

さにわれわれが戦うべき相手！　女を捕えよ！」

将官たちがコラに迫ってきた。彼女はかぶりを振り続けた。「ちがう」とつぶやき、銃を上げてバリサリウスに狙いをつける。だが、引き金を引けなかった。彼女は自分を信じてくれていた人びとの遺体と血だまりを見た。その瞬間、実の家族の遺体を見たときにしか感じなかった悲嘆と苦痛が湧き上がり、心が破裂した。家族を殺されたあの日、バリサリウスと出会ったのだった。そして今、彼は想像しうる最も邪悪かつ卑劣なやり方でコラを裏切った。おのれの利益のために彼女の愛情と信頼を利用し、彼女を生け贄に仕立てたのだ。

コラは歯を食いしばり、殺気立った将官のひとりに銃口を向けた。放たれた一発は将官の額を鮮やかに撃ち抜いた。血と脳髄が飛び散り、彼女に近づいてくる裏切り者の将官たちに降りかかった。コラは別の将官を狙って撃ち、その左目に穴をうがった。彼は顔を押さえて悲鳴を上げた。背後の扉が開いた。兵士たちの足音が聞こえてきた。彼らが部屋の中に押し寄せてくるのを見たコラは、飛んでくる銃弾をかわしつつ、容赦なく次々に撃ち倒していった。状況を把握しようと必死に考えをめぐらせる。

将官や兵士たちから後退しながらも、コラは血路を開こうと銃を撃ちまくった。ちょうど真後ろにエレベーターがある。どうにかして乗りこめば、降下艇かシャトルにたどり着けるはずだ。彼女はエレベーターに飛びつき、キーパッドをたたいた。

開いた扉から乗りこもうとしたとき左腕を銃弾にえぐられ、彼女は苦痛の声を上げた。すぐさま振り返り、突進してきた兵士に銃を向けたが、それより速く相手の銃床で肋骨を強打されていた。

その一撃で肺が空っぽになった。彼女は冷たい床に倒れ、その拍子に後頭部をしたたか打ちつけた。耳ががんがん鳴り、全身がこわばって起き上がれない。肋骨の同じ箇所を兵士が蹴りつけてきた。兵士が彼女の身体を引き起こそうと身をかがめたとき、コラは相手の腹にどうにか一発だけ蹴りを入れた。彼が痛みに身を丸めた隙にコラは立ち上がり、その腹に銃弾をぶちこんだ。片方の腕から血を流し、ずきずきする胸と頭を抱えながら、コラはエレベーターに飛びこんだ。

なんとしても降下艇に乗らなければ。脱出方法はそれ以外にない。エレベーター内では倒れまいと壁につかまっていた。格納庫に到着して扉が開いたので、一番近くにあった降下艇まで走り、中に乗りこんだ。朦朧とする頭で操縦席のコンピュータをチェックする。どこへ行こうとしているのか自分でもわからなかった。エンジンが轟音とともに始動し、降下艇は戦艦から飛び立った。コラは操縦席のシートにぐったりともたれた。身体中が痛みを訴えているが、裏切りによる痛みにはとうていおよばない。これで正真正銘、この宇宙で独りぼっちになってしまった。自分が生きようが死のうがかまわない。それは運命が最後に決めてくれるだろう。

話を終えると、コラはグンナーの腕の中に身をあずけて横たわった。彼の胸がゆっくり上下するのを肌で感じるのが心地よい。鼓動の音が心地よい。彼は何も言おうとしなかった。コラは片ひじを立てて身を起こした。彼が何を考えているのか、少しでも読み取れないかと顔をうかがってみる。

「わたしは降下艇までの活路を見いだし、それ以来、逃亡者として生きてきた。それがわたし。それが指名手配された真相で、このヴェルトで暮らすことになった経緯よ」

　グンナーが頬に触れ、顔にかかった髪をそっとかき上げた。唇にやさしいキスをしてから口を開いた。

「これできみがタイタスに嘘をついた理由がわかったよ。彼が真相を知る必要はない。真相を知って彼がどう考えるかわからないし、きみが果たした役割を知って彼がどうするかわからないからね」

　グンナーの真心と理解が、あたかも抱きしめるようにコラを包んだ。彼からあふれ出る愛情によって、彼女は安心感を覚えた。コラにとって彼は安全でいられる場所なのだ。彼と出会う前にそんなものを与えてくれた恋人はひとりもいなかった。

「今の話がわたしの知ってるすべて。わたしはやつらに殺されたっていいとも考えたし、ただ戦わずにいることも考えた。でも、どういうわけか、王女さまの最期の言葉……あなたを許します……あれを聞いたとき、王女さまの誉（ほま）れを讃（たた）えるただひとつの方法は、逃げることだと感じたの。逃げて、そのあと……よくわからないけど……単なる武器を上回る存在になろうって」

　グンナーがふたたび唇にキスした。「きみはそうなってる。ぼくにとってはそれ以上の存在だし、この村のみんなにとってもそうさ。まちがいなくハーゲンにとっても。彼は奥さんと娘の健康が悪化するのを見るというつらい経験をしてきたんだから」

　コラはうなずいた。「武器を上回るもの。それこそわたしたち全員が目指してるものよ」

第四章

巨大戦艦〈王のまなざし（キングズゲイズ）〉は深宇宙の果てしない暗闇の中を高速で密（ひそ）かに航行していた。深宇宙は今のところ誰の所有物でもないが、インペリアムにとっては征服されるのを待っている広大な空間だ。カシウスは司令塔内に立ち、ヴェルトに向かう進度に目をこらしていた。この遠征の結末には二通りあるだろう。戦闘あるいはマザーワールドの力によりノーブルが部下たちをひとり残らず死に追いやってしまうか、もしくは標的を完全に破壊するか、のどちらか。その中間はありえない。絶対にない。ノーブルは士官学校を出てすぐに指揮した最初の戦闘で惨敗を喫した苦い経験から、そのことを学んでいるはずだ。カシウスはその戦場に同行しなかったが、話には聞いていた。モアの軍人一家の出でなかったら、ノーブルはその失地を回復できなかっただろう。彼には回復不可能な状況などなさそうだった。

「司令官殿、主任医療技師からです」

カシウスは通信士官にうなずいた。「つないでくれ」

通信士官がパネルを操作すると、スピーカーから怒号と罵声が室内にとどろいた。カシウスはその声のひとつが誰のものかすぐにわかった。

医療技師の顔があらわれる。「司令官、わたしとしては今すぐ……」

カシウスが応答する前にノーブルの怒鳴り声が聞こえてきた。「手を離せ！　わたしが艦を指揮せねば！　いいや、落ち着いてなどいられるか！」

「今すぐこちらに降りてきていただけませんか」医療技師の声は切迫していた。

通信士官がカシウスのほうをうかがったが、にらみ返されてすぐに視線を操作パネルに戻した。カシウスは告げた。「すぐに行く」

回線が切断された。カシウスは大きく息をすると、ノーブルに会うために司令塔をあとにした。通路で行き交う者たちからの敬礼を無視し、医療ベイへ足を速める。こちらの命も危険にさらしかねない人物の世話をしなければならない、こんな子守りめいた役回りは大嫌いだ。医療ベイに入っていくと、ノーブルがベッドの横に立ち、まだ全身がケーブルで医療メインフレームと接続されているというのに、まっさらな白いシーツをローブのように身体に巻きつけていた。あと必要なのは頭にのせる黄金の月桂冠——彼が心底ほしがっているもの——だけだろう。カシウスが常々思っていることだが、ノーブルはバリサリウスと瓜ふたつといえるほどよく似ている。

「提督……起き上がられたのですね」

ノーブルの顔が疑り深い冷笑でゆがんだ。「むろん起き上がっている。このまぬけにケーブルを抜くよう言ってくれ。これは命令だ」

彼は一番近くにいる医療技師に目を向けながら、自分の胸からモニター電極を引きはがした。

マスクに顔が隠れている技師がこもった声で告げた。「あなたが司令官に復帰するにはクリアすべき手続きがあります。精神的にも肉体的にも十分強靱であることを評価するテストを受けていただ

かないと……」

　ノーブルがいきなり技師の顔を手の甲で殴り、さらに首をつかんだ。そのまま片手で技師の身体を宙に持ち上げる。技師はぶら下がった両脚をばたつかせた。ノーブルの目はぎらぎらと凶暴性をたたえている。

「これで評価の足しになるか？」

　ノーブルは歯を食いしばりながら技師を部屋の反対側まで放り投げた。急に力を使った彼は激しい呼吸で胸を上下させている。

　技師は床に倒れこんだまま咳きこみ、首をさすった。助けるためにふたりの同僚が駆け寄った。

　ノーブルがカシウスを振り返る。

「おまえにはわたしが十分に強靱な状態に見えるか、カシウス？」

　カシウスは上官の目に狂気じみた輝きと、それより不吉な何かを見て取った。何を優先すべきかを見きわめる能力がなければ、彼はノーブルの下でここまで出世できなかっただろう。彼は茫然としている医療スタッフを見やった。「提督閣下に手を貸せ！　ケーブルをはずすんだ」

　スタッフはあわててノーブルに駆け寄った。ノーブルは両腕を横に広げて立ち、解き放たれるのを待つ狂犬のように、黒いケーブルから自由になる準備をしている。身体から次々にケーブルが引き抜かれ、開口部に皮膚が慎重にかぶせられる。技師のひとりが後頭部に接続されたケーブルを細心の注意を払って抜き取った。ポートに皮膚をかぶせて縁をなめらかに伸ばすと、継ぎ目が自然に閉じられていく。接続から自由になると、ノーブルは急いで離れていく技師たちをにらみつけてから、注意をカシウスに戻した。

「ヴェルトまでどれくらいだ？」

「あと数日です」

ノーブルの注意が急に散漫になったようだった。彼の目にしか映らない何かを見ているかのように視線が泳いだ。天井を見上げて天井灯の列をせわしなく目で追ったかと思うと、両手を目の前にかざして自分の指を見つめる。指をゆっくりと曲げて両手でこぶしを握り、そのまま筋肉に力をこめていくと、前腕に血管が浮き出た。片手を胸に動かす。胸の真ん中に生々しい傷跡があり、そのざらつく肌のひだに指先を走らせる。彼は目を閉じると、憎むべきアルテレーズにその傷を作られた瞬間を思い出しているかのように顔を強くしかめた。唇がすぼまり、きつく結ばれる。

「提督、この無能な医療チームが傷跡を残してしまったことをお詫(わ)びします。それはまちがいなく除去させます」

ノーブルがかっと目を開いた。

「いや。これは残しておく。あの女がもたらしたものだからな。あの女をバリサリウスのもとに連行し、その身を元老院でさらしものにしたとき、わたしがこの胸をあらわにすれば、この傷跡がまさに象徴となる。〝傷跡を刻む者(スカーギバー)〟に正義を執行したのはこのわたしだ、と。救世主として人びとの前に立つのはこのわたしである、とな」

ノーブルはもはやカシウスを見ていなかった。彼の視線と思考はどこか遠くにあり、征服による勝利を夢想しているらしい。カシウスは怪しんだ。これはノーブルがバリサリウスの権威に対抗意識を

持ち始めた証しではないか。もしそうだとしたら、自分たちが危険な領域に入ったことを意味する。執権はみずからの敵と味方をきわめて明確に区別するからだ。

ヴェルトの夜明け前の空は、藍色と黄色にマーラの赤い光をうっすらと添えた色彩に染まっていた。星や月もまだいくつか見える。ハーゲンは集会所に入り、小さな鐘を鳴らした。その有無を言わせぬような音に、床で眠っていた戦士たちが起き上がり、赤みがかった目をこすった。村人のひとりが畑仕事用の作業着と長靴を運んできた。誰もが危機感を共有しており、不平を口にする者はひとりもいない。

戦士たちが着替えて外に出てみると、ハーゲンが荷馬車の荷台の後部に立って待っていた。戦士と村人たちは彼を取り囲む形で集まり、まだ眠気の抜けない様子で、時間切れになる前に作業を終えるための計画を聞こうと待った。聴衆を見渡していたハーゲンは、連れだってやってくるグンナーとコラに目をとめた。彼の隣にいるデンがふたりを見て目を見張り、気落ちした様子で足もとに視線を落とした。タラクはふたりのほうにちらりと目をやったあと、驚いたようにもう一度見直した。コラとグンナーは誰とも目が合わないようにしている。こんな早朝にいかにもあわてて服を着た様子でいっしょにあらわれてしまい、気まずく思っているのは明白だ。その顔つきからすると、明らかに一睡もしていない。タラクはにやにやしながらタイタスをひじでつついた。

「遅れてすまない」グンナーがそう言いながらハーゲンのほうに近づいた。

コラは戦士たちとともに一団の後ろのほうに立った。タイタスとタラクが彼女にちらちらと視線を送った。彼女はまっすぐ前を見つめたまま「何も言わないで」と言った。

ふたりの戦士はまるで十歳の男の子のように笑い、タラクが「なんだ？　おれは〝おはよう〟も言えないのか？」と応じた。

グンナーはハーゲンとデンの隣に立った。デンがにこりともせずに彼を見てから腕を組んだ。グンナーは曖昧な笑みを返したが、デンと視線を合わせようとはしない。ひとつ咳払いをすると、グンナーは聴衆に向き直った。

「では、始めよう。ここに集まったうちの何人かは、たぶん穀物を収穫した経験が一度もなくて、穀物を束にまとめたことも、大鎌を振るったこともない。でも、ぼくたちは彼らを温かく迎え入れ、ともに働くことを通じて、大地の聖霊から祝福を勝ち取り、この聖なる畑が将来も実り豊かであることを確信しよう。きみたちはみんな、自分の仕事のことを熟知してる。怖がらずに村の客人に近づいて仕事を教えてあげてくれ」

髪を後ろで結び、長袖のブラウスとゆったりしたズボンを身に着けた年配の女性たちが、タイタスとタラクに近づいた。先頭に立っている女性がタラクの前に立った。彼女の髪は銀色で淡い黄色の筋が入っている。明るい色の肌は目と口のまわりに畑の畝（うね）のようなしわがあって年齢を感じさせたが、その目は若々しいエネルギーできらめいていた。

「あたしはヘルヴァア。あんたたちふたりは、あたしといっしょにおいで。あたしたちは大鎌の刈り手のあとを歩いて、刈り取った穀物を束ねていくんだ。あんたたちにできそうかい？」彼女はタラクの筋肉質の身体、とりわけむき出しの腕を目で追っていた。

タラクは外の作業で日焼けした女性たちの硬い表情を見渡すと、眉をひそめながら笑った。

「それは女の仕事だな」

ヘルヴォアは自信たっぷりの笑みをタラクに向けた。ある程度の年齢と人生経験を重ねた女だけが男に対して見せられる笑みだった。さまざまなことを見聞きしてきた彼女は、そんなことを言われて黙っている人物ではない。

「そのとおりさ。だから、あんたたちの手に余るかもしれないね」

タラクは驚いたようにぽかんと口を開けて彼女を見返した。タイタスが豪快な笑い声を上げた。「ご婦人がた、あんたたちはこの男のことをもうすっかり見抜いているようだ」

「さあ、日が高くなりすぎる前に始めないと。ついておいで」

ヘルヴォアがほかの女性たちと並んで歩きだした。タイタスとタラクは黙ってそのあとについていった。


太陽が山の上に姿を見せるころには、全員が仕事に精を出していた。デンに率いられた刈り手たちが横並びになり、大鎌をリズミカルに水平に振りながら穀物畑を進んでいく。一歩進むごとに、丈の高い黄金色の茎がごっそり刈られていった。その後方にはヘルヴォアたち女性の集団がしたがい、タラクとタイタスがそのあとを追って歩いた。彼女たちは倒れている茎を束ねて縛り、その場に山積みにして残していく。そのあとにコラとグンナー、ほかの戦士たちが続き、乾燥させるために束と束をピラミッド型に組み合わせて立てる。

ヘルヴォアがふと自分の仕事の手を止め、太もものあいだに茎の束をはさんできつく縛ろうとしているタラクを見るなり、手を貸しに戻った。彼女はかぶりを振り、全身の力を使う束ね方のコツをやって見せてから、彼にほほ笑んだ。タラクも前方に戻っていく彼女に笑みを返した。

タラクとヘルヴォアのやり取りを、コラは後方から見ていた。どこか男女のたわむれのようにも見えた。彼女は小さく笑って隣のグンナーに目をやった。彼もふたりの様子に気づいており、笑いながらコラに顔を寄せて言った。「彼は長いあいだ鎖につながれてたからな」

「かつては王子だもの、きっと女性の注目を集めるのには慣れてるはず。ああいう形じゃないにせよ」

グンナーが少し間をおいてから真顔になった。

「きみは大丈夫か……その、ゆうべのことだけど」

コラは誰かに話を聞かれていないかとあたりを見回した。

「もちろん大丈夫。ほかの人には関係のないことよ」

「わかってるけど、きみを見るデンの目が……。彼がきみを思う気持ちや、チャンスを狙ってるのは公然の秘密だから」

「誰だって、望んでいるからといってそれが手に入るわけじゃない」

「わかった」

「もしもわたしがデンを求めてたとしたら、ゆうべは彼とすごしてた」

コラはグンナーのほうも見ずにそう言うと、作業を続けた。彼はその場に立ち止まり、彼女が光の中で身体を動かすさまをぼんやりと見つめた。

そばにやってきたネメシスがグンナーをつついた。「愛だけでは畑の収穫は終わらない。愛だけではインペリアムから自分たちの身を守れないのといっしょ」

グンナーは現実に引き戻された。ネメシスはすでに前方の束に進んでいった。彼は深いため息をつき、茎の束を乾燥させる作業に戻った。

午前中の遅くに、畑にいる全員がようやく休憩を取ることになった。サムとハーゲンが各人に十分な水が行き渡っているか確かめていく。

ネメシスは世間話の輪から離れ、畑の中をぶらぶらと歩いていった。両手には木製の脱穀棒を持っている。そよ風が肌をなで、顔にかかった細い黒髪が吹き払われる感触が心地よかった。ネメシスは目を閉じると、両足を開いて立ち、身も心も自然の力に導かれるままにした。脱穀棒を握った左右の手を大きく円を描くようにゆっくりと上げ、自分の横を風が吹き抜けるにまかせる。鋭い動きで次々に形を作っていく。瞑想のために選んだかまえだ。

彼女から少し離れた場所で村の子どもたちが遊んでいた。その中の十歳ぐらいの三人組がほかの子たちから離れ、ネメシスの優雅な技を眺め始めた。彼らはネメシスの金属製の両手に畏敬の目を向けた。今までに見たこともないものだった。エルジュンが目を丸くしながら、ほかのふたりに言った。

「言っただろ。ネメシスが一番強いよ。自分の剣も持ってないのにあれだよ！」

赤毛でそばかす顔のフィンがかぶりを振る。「タイタスのほうがすごいぜ。強いし、頭がいい。本物の将軍だぞ。あのアーマーを見たか？」

エッダがネメシスを眺めながら三つ編みの髪を指でくるくる回し、小さく笑った。「ふたりともまちがってる。一番はタラクよ！　うちのお姉ちゃんもそう言うと思う」

エルジュンがネメシスの動きを模倣しようとした。ぎこちない動きをエッダとフィンに笑われても、彼は気にしない。「やっぱり、ネメシスさ。誰がなんてったって、ネメシスに決まってる」

「そこの子どもたち！」おとなのひとりが大声で呼びかけ、三人は同時に跳び上がった。彼は厳めしい顔で手招きした。「仕事に戻る時間だぞ。持ち場に戻るんだ！」

三人の子どもは畑のそれぞれの場所に散っていった。エルジュンがちらっと振り返ると、ネメシスが村人や戦士たちのところに歩いて戻るところだった。これから昼食までもうひと働きしなければならない。誰もが切迫した今の状況を承知し、気温が上がる前の時間帯に収穫の効率を最大に上げるべきだとわかっている。

真昼になり、空腹と暑さによって作業が中断された。タラクがシャツを脱ぎ、半裸で川に近づくと、大勢の女と数名の男が彼のほうをちらちらうかがった。彼はシャツを冷たい水にひたすと、身体を冷やすためにすぐにそれを着た。

村人たちは畑にほど近い巨木の木陰に移動し、ハードチーズや乾燥肉や焼きたてのパンを頰ばった。脅威が迫っているにもかかわらず、村人たちは上機嫌で会話を楽しんでいるようだった。

サムが大きなバスケットの置いてある場所に戻り、作りかけの新しい刺繡作品を取り出した。アリスがふたり分の食事を持って彼女の隣に腰を下ろした。

ヘルヴォアがタラクに近づき、布にくるんだ大量のパンとチーズを差し出した。「ほら、精をつけておかないと」

タラクは昼食を見て笑みを浮かべた。「ありがたい。誰に頼めばいいのかわからなかったんだ」

「遠慮は無用。ほしいって言わなきゃ、手に入らないよ」そう言うとヘルヴォアは女性の集団のほうへ戻っていった。

タラクは彼女の後ろ姿を見送り、どっしりとしたヒップがズボンの中で揺れるのを眺めた。タイタスが彼の背中を手のひらでたたき、耳に顔を寄せた。

「野生の獣を手なずけることにかけては、あの女性にすっかりお株を奪われたようだな」

タラクが思わずタイタスを見返すと、彼はすでに丈の高い葦の茂る川辺を下流に向かって歩いていってしまった。

ネメシスは村人が貸してくれたつばの広い藁帽子をずり下げて顔を隠し、地面の上に仰向けで寝そべった。少し離れた場所では、先ほど彼女の様子をうかがっていた子どもたちが小さく笑い合っている。フィンがエルジュンを軽く突き飛ばすように押した。

「ほら、行けよ。あの人が好きなんだろ？　やれるもんならやってみろ」

隣でエッダが同意のうなずきを見せる。エルジュンは収穫したばかりの穂のついた茎を一本手に持ち、できるだけ足音を忍ばせてネメシスに近寄っていった。すぐそばまで近づいたところで、穂の先を彼女のほうに突き出す。彼は今にも笑いそうなのをこらえながら友人たちを振り返り、しっしっと手で払う仕草をした。ふたたびネメシスに向き直ったとき、彼女はまだじっと動かないままだった。差し出した穂の先端が彼女の顎に触れそうになった瞬間、ネメシスがさっと手を伸ばし、茎を強く引っぱってエルジュンの手から奪い取った。彼女は険しい目つきで子どもをにらんだ。

エルジュンは驚いて悲鳴を上げた。「ほら、この人にはいろんな力があるって言っただろ！」そう叫びながら、彼は笑いながら逃げていく友人たちに追いつこうと走っていった。ネメシスは帽子の位置を直して休息に戻ったが、口元にふっと笑みが浮かぶのを抑えられなかった。

昼食が終わってから太陽がまぶしい火ぶくれと化して山の向こうに沈むまで、彼らは収穫作業を続けた。コラは荷馬車に乗ってウラキに引かせた。彼女の後ろにはハーゲンが立ち、サムやグンナーやネメシスが投げ上げてくる乾燥した穀物の束を荷台に重ねていった。畑に束がひとつもなくなったとき、彼らはほとんど倒れそうなほど疲れていた。ハーゲンが眉の汗をぬぐいながら笑った。

「わしは誰かの手を借りんと家に帰れんかもしれん」

それを聞いたグンナーとコラは密かに視線を交わした。

ネメシスが進み出た。「わたしが手を貸そう。眠りに就く前に、澄んだ夜の空気の中ですわっていたいし」

「本気かね？」

ネメシスがハーゲンにうなずいた。コラやグンナーのほうは見もしなかった。ハーゲンがネメシスの差し出したひじにつかまり、肩を並べて歩き去った。

サムがぎこちなくあたりを見回した。「それじゃ、わたしは刺繡の仕事があるから帰るわ。おやすみなさい」彼女はコラとグンナーにほほ笑んでから、自分の家へと向かった。

コラとグンナーはたがいの顔を見ながら立っていた。頭上には複数の月が明るく輝き、涼しい風が

彼女の髪をそっと揺らす。

「ぼくたちも今夜はしっかり眠ったほうがいいな。そうするのが賢明だと思う」

彼女がグンナーに一歩近づき、彼の唇に舌をそっと這わせた。「わたしは賢明なんかじゃない。インペリアムと戦うことがそもそも賢明さにはほど遠いもの」

「それじゃ、どうするんだ？」

コラがにやりと笑う。「死ぬほど満たされるの」

彼女は身をひるがえし、グンナーの家の方角に歩きだした。彼はそのあとを追った。彼女の汗と香りに包まれながら、また眠らない夜をすごすのだ。その香りは、彼女が生きているかぎり、彼の肌やベッドから消えることはないだろう。夜空の下でも輝く彼女の素肌を見ていると、彼は目に見えない鎖によって魂が引っぱられるような気がした。今夜は、彼女を幸せな気分にし、満足させ、愛されていると感じさせることに費やされるだろう。


集会所がまた新たな夜明け前を迎えた。あらわれたハーゲンはいかにも休養十分で、自分たちの命を守るための重労働を始める準備ができているようだった。彼は戦士たちを起床させるために、ブリキのカップと鍋を打ち合わせて鳴らした。

タラクがあくびをしながら肩まで伸びた髪を後ろで結び、眠い目をこすった。ヘルヴォアがやってきて、彼に湯気の立つ陶器のマグカップを手渡す。タラクは笑顔で応え、黒い飲みものをひと口飲んだ。「お茶に何か入れたか？」

「スタミナのつく内緒のものを少しね」彼女はウィンクしながら言った。

タラクがもうひと口飲み、彼女を見返した。「おれにとってスタミナは問題じゃない。問題は朝が早いことさ。ひと晩中起きていて、遅くまで寝てるのが好きなんだ」

彼がマグカップを返すと、ヘルヴォアがひと口飲んだ。「いいこと聞いたよ」

グンナーとコラは遅刻こそしなかったが、ふたりが連れだって集会所に入ってくる姿をデンが視界の端で追っていた。ハーゲンが最後にもう一度だけ鍋を鳴らした。

「みんな、くたくたなのはわかっとるが、終わりはまだまだ遠いぞ。きのうはすばらしい仕事ぶりだった。わしが生まれてこのかた見たことがないほどだったが、それはつまり、おまえさんたちがなし遂げたことのすごさの証しだ。では、畑で会おう」

村人と戦士たちは集会所から畑に向かい、きつい一日がまた始まった。タラクは作業のリズムがすっかりつかめてきた。心が洗われ、魂が浄化されるような気分だった。束の縛り方が前日よりも早くて効率的であるのは、ヘルヴォアの目にも明らかだった。タラクが次の束を縛り始めたとき、前方から悪態をつく声が聞こえた。見ると、刈り手のひとりが折れた大鎌の刃を手にしている。

「なあ、予備の鎌はあったっけ？　こいつを修理してたら、どれほど時間がかかるかわからないぞ」

「予備はない。時間内に終わらせるために、ひとつ残らず使ってるんだ」

会話を聞いたタラクは、作業の中断を余儀なくされている刈り手たちのほうに近づいていった。

「見せてもらえるか？」

刈り手が折れた刃を彼に手渡した。「いいとも。あんた、直せるのか？」

タラクはふたつの破片と化した刃をじっくり観察した。「道具があればな」

「村の鍛冶屋がある。エリクが年のせいで仕事を引き受けなくなってから、あまり使われてないが」

「そこへ連れていってくれ。できるだけのことをやってみる」

タラクは鍛冶屋の作業場で大鎌の刃を槌でたたき、ニュー・ウォディの製鉄業者ヒックマンに借金を返すために鎖につながれて働いていたときに磨きをかけた技能を発揮した。刃が適切な重さと薄さになるよう鍛え直し終えると、以前よりもずっと切れ味がよくなっていた。それを手にして畑に戻るとき、タラクは得意満面だった。刈り手たちが歓声を上げ、ヘルヴォアも感嘆の目を向けた。タラクは修理した刃を刈り手の男に返した。男はその刃を何度もひっくり返して観察した。

「こいつはすばらしいな。ありがとう」

「お安いご用だ」

穀物の束を乾燥させる作業をしていたミリウスがやってきて、新しい刃をつけた大鎌を見やった。

「ちょっと貸してもらえないか？」

「あんたにできるならね」刈り手が言った。

ミリウスは手渡された大鎌をつかんでかまえた。目を閉じると、強い郷愁の思いで胸が痛くなった。思い出が彗星の勢いでよみがえってくる。両手の中の大鎌は、昔からその感触を知っているかのようだった。ミリウスはふたたび目を開け、数歩後ずさった。正確なかまえで大鎌を振るうと、穀物がきれいな列を作って倒れた。生まれ故郷の一部がまだ自分の中に残っていることに満足すると、ミリウスは大鎌を刈り手に返した。刈り手たちは目の当たりにした手並みにただただ感心して、ミリウスを見つめた。

タイタスはベルトにはさんであるフラスクを取り出し、それを振ってみた。酒はほとんどなく、底に少ししか残っていない。彼は最後の一滴がフラスクから口に落ちるまで飲み干した。うまそうに唇を鳴らしてから、長いつき合いの友人に別れを告げるかのようにフラスクを見つめた。誰かに見られていないか確かめるように左右に目を配ってから、彼はフラスクを水樽の中にひたした。そっと笑みを浮かべ、それから休んでいる村人たちのほうへ大股で歩いていく。

「さあ、仕事だ。持ち場に戻れ！」

タイタスは彼らに見られていることを十分意識しつつ、フラスクをかかげて大きなひと口を飲んだ。彼は知らなかったが、少し離れた場所からコラがその様子を見ていた。彼の秘密を目撃したコラは誇らしさがこみ上げるのを感じつつ、タイタスがふたたび潜在能力を存分に発揮し、生まれながらのリーダーにして村が勝利をおさめるために不可欠な戦士に戻るまであとほんの一歩だという希望を持った。

村人と戦士たちは畑で作業を続け、最後の束を荷馬車の荷台に積み上げた。穀物倉には製粉を始めるのに十分な穀物が集まった。コラは穀物倉の建物を見やり、長い旅路の出発点となった大量殺戮の夜を思い出していた。今は村人たちが穀粒を空中に放り投げて籾殻を除去する作業をおこなっている。宙を舞う穀粒に夕暮れの金色の陽光が当たり、まるで星のシャワーのように見える。ネメシスが子どもたちと遊び、いっしょに笑い合っている。小さな籾殻のかけらが彼らの頭髪にも降り注いでいた。インペリアムが今もこの地に向かっていることを思うと、コラの心に苦いものがよぎった。この

作業は何ひとつインペリアムのためであってはならない。それにしても、なぜ連中はまだここに来ようとしているのか。自分がこの村にいることを誰かに察知されたのだろうか。すんなり理解できないことが多すぎる。グンナーに対する気持ちもそうだ。

「運び手が足りない！」

叫んでいる声を聞いてコラが穀物倉に入ってみると、おびただしい量の穀粒が大樋を通じて巨大な石臼(いしうす)に流しこまれていた。石がきしみながら回転すると、砕かれて吐き出された穀粉(こくふん)が大きな麻袋に投入されていく。麻袋の口を縛って閉じていたひとりの女性がコラのほうを見た。

「奥の倉庫にお願い」

コラはうなずき、ひとつ五十キロ近い袋を肩にかつぎ上げ、倉庫に運びこんだ。

そこにはグンナーがいて、生産量を記録していた。彼が目を上げてほほ笑んだ。「きみにできないことなんてないんだな」

彼女はかぶりを振り、麻袋を壁際に落とした。ちらりと周囲を確かめてから、彼のほうに身を乗り出してキスし、次の袋を運ぶために倉庫を出た。だが、一度のキスではとても足りない。彼女はすぐに戻り、グンナーの首に両腕を回してもう一度キスをした。彼女は思わずくすくすと笑った。戦艦暮らしの中ではそんな笑い方をする機会は一度もなかった。さまざまな作戦に従事する中で何人かの恋人を持ったが、このような明るい雰囲気とは無縁だった。グンナーに対して感じている気持ちは、これまでに経験のないものだ。言わば嵐のあとに浴びる陽光だった。

運搬の速度を上げるためにタラクやタイタスも作業に加わり、大きな袋を肩にかついで往復し始めたので、コラたちはもうふたりきりになれなくなった。太陽が沈んで見えなくなるころには、積み上げた穀粉の袋が倉庫の天井に届くまでになった。タイタスとタラクが最後の袋を運び終えたとき、彼らの全身には点々と粉が付着していた。タラクがタイタスの背中を思いきりたたいた。「おれたちはみんな一杯やるべきだ。そうだろ？」

「そうしよう！　一杯と言わず二杯だ」タイタスが満面の笑みで言う。ふたりは数字を記入し続けているグンナーに声をかけた。「きみも来るか？」

　グンナーが目を上げた。「あとで集会所で会おう。もうすぐ終わるから」

　タイタスたちが姿を消したあと、彼は仕事の手を止めて倉庫の中を見回した。これが自分たちの存在意義のすべてだろうか、とふと思う。インペリアムにとって、これが村人たちの生命の価値なのか。あるいはそうではないのか。グンナーはこのすべてが何か変化をもたらすことを願った。

　グンナーが倉庫をあとにするとき、ちょうどアリスが戦艦〈王のまなざし（キングズゲイズ）〉から定期連絡に受けるために穀物倉に戻ってきた。

　アリスはホログラムを起動し、あらわれたカシウスに敬礼した。

「収穫の進捗はどうだ？　村人たちから不平は出なかったか？　彼らがこちらの求める分を提供することを願うが」

「問題はありません。すべて予定どおりです。村人に関しても報告すべきことがらはありません」

「おまえが報告するようになってから、ファウヌスやマーカスの顔を見ていないな」

「彼らは村人たちをこき使うことで忙しいのです。村の労働力をさらに搾り出しております。ふたり

とも今は……村を楽しみつくしたいようで、そのため連絡役として自分を寄こすのです」

「よかろう。彼らに会ったら、わたしから話があると伝えてくれ」

アリスはごくりと唾を飲みこんだが、平静を保った。

「承知しました。確かこれは副長殿の言い回しだと思いますが、ええと……子どもはみな叫び、母はみな泣いていています」

たとえホログラムであっても、カシウスのまなざしは石臼のように硬く冷ややかだった。

「確かにわたしの言葉のひとつだが、わたしが言い始めたというわけではない。執権バリサリウスが、みずから戦場を駆けめぐっていた時代に口にした言葉だ。わたしはそれを引用できて光栄に思っている」

「今は自分の言葉でもあります。作業は二十四時間体制で進めていますので、そちらの到着に間に合うようにすべての穀物を製粉できるでしょう」

朗報を聞いても、カシウスはにこりともしなかった。「上出来だ、二等兵。村人たちが自分の責務を果たしたならば、多少の情けはかけてやってもよいかもしれない」

「あの犬どもには蹴りのひとつもくれてやれば十分です」

カシウスが目を細めた。「そうなのか？　まあ、作業が終わればわかることだ。討たれし王のために」彼はこぶしを胸に当てた。

アリスも一礼して同じ動作をした。「討たれし王のために」カシウスに敬礼し、相手が通信を切るのを待った。

カシウスは〈王のまなざし〉のブリッジで通信を終えると、背後を見やった。物陰に隠れていたノーブルが姿を見せた。

「あの裏切り者の小僧を妹たちといっしょに殺しておくべきだった。これからでもまだ間に合うだろう」

「それであなたのお気がすめば」

「そうしよう。ホークショーが送ってくる報告が事実であるのは明白だな……ファウヌスとマーカス、そのほかの兵たちも死んでいるだろう。〝傷跡を刻む者〟と反逆者どもは村にひそんでいる。あの若い二等兵はやつらの側についたのだ。やつらとともに死ぬことになる」

「どのように対処しますか?」

ノーブルがブリッジの前方までゆっくりと歩いた。そこで制服の上から胸の傷跡に触れた。

「ホークショーたちから次の情報が入るのを待とう。やつらにはわれわれが何も知らないと思わせておくのだ」

「イエス、サー」

ノーブルは自分が理由もなく生き延びたのではないと知っていた。反逆者たちを全滅させるという決意を新たにしたとき、彼は勝利をおさめるために不可欠な資質の意味を真に学んだときのことを思い出していた。

第五章

集会所にふたたび歓喜の雰囲気がよみがった。大勢の村人が戦士たちと知り合いになろうと、続々とやってきていた。そこかしこで話の花が咲き、たがいに素性を分かち合い、ともに重労働をこなしたことで絆を深めていった。中央のテーブルには焼いた肉や野菜、焼きたてのパン、エールやワインがところ狭しと並んでいる。部屋の正面では、村の小さな楽団がダンス音楽を奏でる。今このとき、誰もがインペリアムのことなど頭の片隅にも考えず、自分たちが一致団結して記録的な早さで収穫を実現させたことを喜んでいた。まさに不可能ともいえる仕事をなし遂げたのだ。それは褒め称えられるべきことであり、現に彼らはそうしていた。

サムとアリスが連れだってやってきた。サムが席に着こうとする前に、アリスが彼女のほうに手を差し伸べた。

「踊ってくれる？」

サムは顔を輝かせ、持ってきたバスケットを下ろした。「わたし、ダンスが大好きなの」

ふたりはすでに踊っている人びとの輪に加わった。

ミリウスは椅子にすわり、エールをがぶ飲みしながらヒツジ肉のシチューを堪能していた。ハーゲンが近づいてくるのを見て、ミリウスはゴブレットをかかげてみせた。ハーゲンがワインを満たした大きなゴブレットを持ったまま、腰を下ろす動作が苦痛なのか顔をしかめながら隣にすわった。

「おまえさん、畑ではみごとな手並みだったな」

ハーゲンが言うと、ミリウスは布で口元をぬぐってからうなずいた。

「おれは、ここよく似た場所の出身なんだ」その目は柔らかかった。

その目の中にヴェルトの希望を見いだそうと、ハーゲンが一心に見つめた。

「その場所はどうなった？」

ミリウスはエールを大きくひと口飲んでから答えた。

「おれたちがここで防ごうとしてる、まさにそのことが起こったんだ。この村の様子や人たちを見てると、自分の故郷を思い出さずにいられない。そこに残してきた人たちのことを」

ハーゲンが何か言おうとしたとき、ちょうど楽団の演奏が終わり、それを待っていたかのようにサムが大きな声を上げた。

「みなさん！　ちょっといい？　ごめんなさい……」

集会所の中が静かになり、アリスが彼女のすぐ隣のテーブルにバスケットを置いた。サムはもじもじと自分の手をいじりながら、やっとのことではにかむような笑みを浮かべ、集まった人びとの注目を集めた。

「あの、わたし……新しい友人たちを歓迎したいと思って。来てくれたみなさんにささやかな贈りものを手作りしたんです。みなさんはこの村よりもっとお金持ちでもっと都会的な場所から来たと思うから、この質素な贈りものが失礼にならなければいいんだけど。でも、心からの感謝をこめて作りました」

サムはバスケットを見下ろしてから、アリスを見た。アリスが励ますようにほほ笑む。彼女がバスケットに入れてきたのは、畑仕事以外の自由時間をほとんど費やして縫い上げた何枚もの旗だった。なけなしの自信をかき集めるように大きく息を吸ってから、彼女は話し始めた。

「みなさんがウラキに乗ってこの村に来るのを初めて見たとき、タイタス将軍は大きな山そのものみたいだと感じたの。力強くて、絶対に動かない山だ、って」

サムはたたんで重ねてある旗の束から一番上の一枚を取り出すと、タイタスに近づいて手渡した。旗に刺繍(ししゅう)で描かれているのは茶色と緑色の山々で、その斜面がVの字になって谷に落ちこんでいる。青い糸で再現されているのは川だ。タイタスが頬をゆるめ、誇らしげにうなずいてから彼女に頭を下げた。サムはテーブルに戻った。

「タラク、あなたの心は誰の思うままにもならないけれど、その雪ジカみたいな気高さは誰の目にも明らかだわ」

サムは大きなシカが描かれた旗をタラクに手渡した。シカは鋭い角を持つ頭を高くかかげ、胴体が生地の幅いっぱいに達するほど大きい。タラクもまたサムに礼を送り、旗を胸に押し当てた。彼女は次の旗を取り上げた。

「わたしたちのデンにも作ったの。デンは足もとの大地みたいで、わたしたちを守るために立ち上がってくれた」

デンが村人たちをかき分けるようにしてサムのほうに向かった。旗の絵柄は、実り豊かな畑と上空に浮かぶ大きな赤い星マーラだ。

デンが旗を受け取った。「ありがとう。おれは自分の命がつきるまでこの土地を守り抜く」

サムは残りの旗をすべて取り出してテーブルに置いた。広げてかかげた一枚には、花咲く草原とそれを照らす大きな太陽が描かれていた。

「若いミリウスは、太陽みたいに輝いてわたしたちを照らす。わたしたちを暖めて、慰めや揺るぎない信念、そして真実をもたらしてくれる」

ミリウスが立ち上がって旗を受け取った。そして、胸にこぶしを当てて感謝の意を表すると相好(そうごう)を崩した。

サムは長椅子にすわっているネメシスに歩み寄った。

「ネメシスは稲妻の走る嵐のように人を寄せつけないけれど、恵みの雨をもたらす人。それは生命の源。嵐はわたしたちすべての母よ」

エルジュンがサムの手から旗を受け取り、それをネメシスの金属の手に置いた。真心のこもった贈りものに、ネメシスの目はうるんでいた。雲をあらわす黒地の旗の中央に走る黄色い稲妻が目にも鮮やかだった。彼女は深く礼をし、サムに謝意を示した。

サムの手にはあと三枚の旗が残った。

「グンナー、あなたはわたしたちのハートよ。あなたはわたしたちに希望を与えてくれるわ」旗の図柄は集会所だ。

サムはグンナーの隣に立つコラに目を向けた。

「そして、コラ。あなたはわたしたちにとって、牙を剝く守護オオカミよ。迫りくる滅亡とわたしたちのあいだに立ちふさがってくれる」

コラは両手で旗を受け取った。刺繡されたオオカミの頭部に指先を走らせてみる。オオカミは牙をあらわにし、目を黄色く光らせていた。彼女はほほ笑み、友人であるサムをじっと見つめてから抱きしめた。こんなふうにまた自分が家族の一員であるように感じられたのは、村に来てから初めてのことだった。

コラが抱擁から身を離すと、サムは最後の旗をかかげた。

「そして、わたしたちみんなの力がひとつになる。わたしたちひとりひとりの運命は強く結びついているわ」

旗に描かれているのは、赤い糸でひとつにまとめられた棒の束だった。まさに個々の人生を結びつける宇宙の運命そのものだ。

集まった人びとは歓声を上げ、楽団がふたたび演奏を始めた。アリスがサムの背中にそっと手を当てた。「きみは本当にすばらしい。きみ自身も旗を贈られる資格があると思うよ。きみはこんな方法でみんなを感動させられるんだ。それでみんなが癒される……魔法みたいだよ」

サムの頰が淡いピンク色に染まった。「もう一度踊ってもいいかも」

アリスが手を差し出し、彼女を楽団の近くへと連れていった。そこにはすでにデンがいて、彼に色目を使うふたりの若い女性をダンスに誘っている。エルジュンもネメシスの靴の上にのってダンスをしており、彼の丸い顔は誇らしさで輝いている。タラクはヘルヴォアをくるくると回転させると、彼女の腰に手を回してふたたび自分のほうに引き寄せた。ヘルヴァアの指先が日焼けしたタラクの腕の上をすべる。ふたりは目を見つめ合ったまま、音楽に合わせて密着した腰を動かした。

コラはひとり静かに立って村人や戦士たちの様子を眺めた。手の中で旗の刺繍の目を感じているうちに、過去に戻ってノーブルをもう一度殺してやりたいと思った。けれど、逃亡中にたまたまたどり着いたこの土地に対しては、甘くほろ苦い思いを感じる。グンナーがエールのジョッキをふたつ持ってきた。彼のがっしりした顎の輪郭と濃い髪――毛先が太ももや首をかすめると喜びにもだえてしまう――を見ると、胸がうずいた。コラはジョッキのひとつを受け取った。

「何か飲みたそうだったから」

「そんなふうに見えた？」彼女は皮肉っぽく答えた。

「うん。それに、これを飲み終わったら、ふたりで……」

「ふたりで、何？」

「きみが望むことならなんでも」

コラはジョッキを唇に当てると、息もつかずにエールを飲んだ。グンナーの目をじっと見つめ、唇を舐めてから手の甲で口をぬぐった。たちまち彼女の中で欲望がエールの泡のように沸き立った。だが、その高まりは集会所内に突然とどろいた角笛の音にさえぎられた。角笛を手に人びとの前に立ったのはタイタスだった。彼は静かになった部屋の中を見渡すと、ひとつ咳払いをしてから帽子を取った。

タイタスの歌声は、聴く者に闘技場に敷かれた埃っぽい砂利と宇宙空間の暗い深淵を感じさせるも

ちや彼自身の母親や民族の神に対する、愛に満ちた願いだった。勇気と祝福が与えられますように。愛が守られますように。

のだった。故郷のバラッドを歌うとき、その一音一音から強い想いがあふれてきた。それは、先祖た

歌い終えた彼は、聴衆の拍手に応(こた)えてお辞儀をした。

アリスが手をたたきながらサムの顔を見てささやいた。「外の空気を吸いに行かない？」

「いいわ。少しのあいだ、星を見ましょう」

ふたりは穀物倉まで歩き、壁に立てかけてあったはしごを使って屋根に登った。隣り合ってすわり、空を見上げる。晴れた夜空に浮かぶ月は、どれもほとんど満月だった。

「あなたの暮らしてた世界はどんなところ？」サムがきいた。

アリスはあふれてくる記憶とともに空を見つめた。ほとんどはよい思い出だ。とはいえ、ここまで長く生き延びることができたのは、故郷のことをあまり考えずにいたからだった。

「月の数がもっと多い。とても美しいよ」彼は深い吐息まじりに言った。胸の中にはタイタスの歌のように悲しみと望郷の思いがあった。

「ここはあんまり美しくない？」サムが彼の目を覗(のぞ)きこんだ。

「美しいよ。ぼくはここで美しいものをたくさん見つけた」

サムが目をそらし、内気そうな笑みを浮かべた。

「もしも生き残ることができて……すべてが終わったとき……あなたはここにい続けてくれる？」

アリスは彼女の手に触れた。サムがふたたび彼の顔を見た。

「きみがぼくを迎え入れてくれるなら。ぼくの故郷はもう昔とはまったくちがう。あそこに、ぼくに残されてるものはひとつもないんだ」

たがいに引き合う力の密度がもはや制止も否定もできないほど高まり、アリスはサムのほうに身を傾けた。唇が重なり、彼はやさしくキスをした。

「これって急すぎるかな?」

「全然」サムがためらうことなくキスを返した。

ノーブルは自分の船室で大きな窓の前に立ち、ひとりで宇宙空間を眺めていた。彼は自分の能力が試されることや疑問視されることを嫌悪した。アルテレーズに正義の裁きを下せば、自分の価値を疑問の余地なく証明することになるだろう。それはまぎれもなく偉大な功績だ。かつて一度だけ失敗を経験したが、それはこれまでの経歴の中で起きた最悪のできごとであり、また最良のできごとでもあった。なぜなら、偉業をなし遂げるために不可欠な資質がなんであるかを学ぶ機会となったからだ。ノーブルは士官学校を出たあとの数年間に思いをはせた。

アティカス・ノーブルは新たな任務が自分に課せられる試験であるとわかっていた。士官学校を出たあと、誰もが驚いたことに、彼は最初の軍事作戦で思ったほど華々しい戦果を上げることができなかった。みずからの能力に大いに自信があった彼は、父親の名前に結びつけられることなく自力で名をあげるのを待ち遠しく思い、最初の任務は家名の栄光を自分が引き継ぐ機会になるはずだった。だ

が、残念ながらノーブルはカシウスとは別々の戦地に送られた。そして、茫然（ぼうぜん）自失になるほどの恥辱を味わわされた。彼の父親の恥辱はなおいっそう深かったようで、アティカスがモアに帰還してみると、両親から険しい目つきで見すえられた。だが、彼はそうしたことに慣れていた。両親ともにひときわすぐれた軍歴を誇っている。それゆえ、息子には相応の期待をかけていた。彼らにとって息子は自分たちの遺伝子を次代へ運ぶのに必要な乗り物なのだから。ノーブルは生まれてからずっとその重要性を感じてきた。

父親のドミニク・ノーブルは百八十センチをはるかに超える長身で、のみで彫ったような筋肉質の肉体が自慢だった。最善の健康と長寿を維持するために食事と運動を常に正確にモニターしているが、実年齢に応じた限界への挑戦を楽しむため、バイオ強化手術はほとんど受けていない。ドミニクが部屋に入ると、とたんに誰もがその存在に気づく。そげ落ちた頬とくぼんだ眼窩（がんか）は制服姿の亡霊を連想させ、最初に遭遇した相手に身の毛もよだつ死を与えるためにやってきたかのような印象を見る者に与えた。

「世間がおまえのことをなんと言っているか知っているか？　それはわたしたちへの評価でもある。まったく不名誉きわまりないことだ。おまえに何か手を打つ気がないなら……今後は自力でやっていくほかないぞ」

アティカスにできるのは、その場に立ちつくし、異議も唱えず父親の言葉を甘んじて受けることだけだった。怒りと屈辱のあまり、老いぼれの喉をつかんで顔面蒼白（そうはく）になるまで絞め上げてやりたい、と思うほどだった。だが、できなかった。

「わたしにどうしろとおっしゃるのですか、父上？」

父親がうっすらと笑いを浮かべた。「ある場所へ行ってもらう。おまえは生き延びられるかもしれないし、あるいはそうではないかもしれない……。おまえはヴォーリの者と接触するのだ」

アティカスは目を大きく見開いた。「しかし、あの者たちは……」

父親が大きな足音をたてて息子に迫った。「言い訳をするな、息子よ。おまえが失敗した理由について、言い訳はもう聞いた。ほかの者に先を越されるのをいちいち言い訳にしていたら、わたしが今日の地位にいると思うか？　おまえには厳しい試練が必要だ。これがその第一歩となる」

「カシウスの同行を許していただけますか？」

ドミニクの顔がゆがんだ。「なんのために？　絶対に許可しない。これはおまえひとりの問題なのだ。おまえはここで自分の価値を証明しなければならない。さもなければ、わたしからの支援は得られないと思え……永遠にな」

　この任務を遂行して無事に生還しないかぎり誰も自分に関心を寄せないことを、アティカスはわかっていた。成果を上げなければ、インペリアムの目に特別な存在と映ることはない。人は自分の階級を上げるために人を殺し、嘘をつく。そして、その多くが服務期間中に命を落とす。こうして生還した点に関しては、父親も安堵（あんど）したかもしれない。だが、今度失敗すれば、両親から見放されるだろう。彼はノーブルの家名に応えねばならないのだ。

「いつ出発すればよいですか、父上」

「二日後だ。のんびりしている暇はないぞ」ドミニクはそれだけ言うと部屋を出ていった。あとはも

うアティカス次第だった。

目的地はマザーワールドから遠く離れた惑星で、組織犯罪で悪名高いために誰も行きたがらない場所だった。生きて戻れたら幸運というほかはない。惑星はヴォーリ人種によって支配されている。その自然環境は支配者と同じくらい過酷で、一年のうち八ヵ月は惑星全体が冬におおわれ、そのうちの四ヵ月はブリザードが吹き荒れ続ける。最も厳しい期間が訪れる前に立ち去れるならば、誰もがそうした。

インペリアムもヴォーリを脅かすことはできない。ヴォーリは同胞すら容赦なく殺害する人種で、活動範囲は全宇宙にわたっている。彼らのビジネスと影響力を阻止したければ、ヴォーリをひとりずつ追いつめて対処する以外に手はない。そんなことをしても利益より厄介ごとのほうが多くなるだけだ。ヴォーリはレルムに忠誠を誓う必要も反逆する必要もないのだから。

惑星ドブロはかつてある王によって統一されたが、今から何世紀も前に王家がヴォーリの始祖たちに虐殺されたのち、人民に対する厳しい支配体制が確立された。ヴォーリは公的な宗教をすべて禁止し、ダグスからプロヴィデンスにいたるまで既知の宇宙全域に犯罪による影響力を拡大させた。ノーブルは今回の任務においてヴォーリとの取引をまとめ、モアやほかの世界ですでに枯渇してしまった稀少(きしょう)な資源を持ち帰らねばならなかった。ヴォーリは潤沢な資金を有し、いたるところで目を光らせている。ホークショーは腕のいい賞金稼ぎだが、ヴォーリは残虐性を好む闇市場の黒幕だった。そこには神聖さのかけらもない。

ノーブルは、分厚いコートを着た三人のがっしりした男たちに付き添われて輸送機から降り立った。三人とも指のつけ根に硬いタコがある。ひとりは鼻梁の形状が奇妙で、少なくとも十回以上は鼻の骨を折られたにちがいない。白目が赤い者はいなかった。大昔のヴォーリは通過儀礼において、赤く充血した目がその者の価値の証しだったのだという。屈強な者たちに徹底的に殴られて初めて仲間入りを果たしたと認められるからだ。今日では、組織内のボスだけがその名誉を体現することができる。とはいえ、目の赤色は殴打によるものではなく一種のタトゥーだ。ノーブルの隣を歩いているようなチンピラは、そのような地位に登りつめる前に死んでいるだろう。

グレゴルはクマの毛皮におおわれたソファにもたれてすわっていた。ブロンドの髪を後ろになでつけ、耳たぶには小さな金のイヤリングを着けている。水ギセルを吸い、あたりに煙の渦をただよわせていた。白目であるはずの部分が赤く、ヴォーリ内におけるこれまでの身分に応じたタトゥーを入れているが、首の横から顎の線にかけての黒いツル草模様以外は黒襟のシャツに隠れて見えない。ノーブルは、グレゴルが自分の父親ほどの年齢だろうと見当をつけた。

グレゴルはノーブルを見上げたが、ソファから立ち上がろうとはしない。ボディガードたちが扉の前に移動した。

「すわってくれ。ここではくだらん社交辞令や見せかけの愛想は不要だ」

ノーブルはうなずき、彼の前にあるひじかけ椅子にすわった。

「提案を受け入れてくださり、感謝します。互恵的なパートナーシップについて話し合うべきことが山ほどあります」

グレゴルがうなり声をもらした。「モアの裕福な家庭で育った青白い痩せっぽちの坊やに、交渉や

戦いの何がわかるんだ？　来る日も来る日も苦痛と流血を味わうことの何を知ってる？」

ノーブルは落ち着きを保っていた。「戦いなら経験しています。実際、最初の軍事作戦を終えたその足でここに来ました。しかし、わたしの話はいいでしょう。ヴォーリは強大です。ですが、インペリアムほどではない。巨大戦艦をお持ちですか？」

ギャングのボスはすっと目を細めた。「いいや。だが、おまえの人生を地獄に変える方法なら知ってる。ヴォーリはあらゆる場所にいるぞ。おまえたちがほかの惑星の農民たちにやったようにわれわれを全滅させることはできない。必ず別の場所に存在してるからな。おまえたちの執権のやり方なら心得てる。われわれは反逆したりしない。自分たちのやり方で商売がしたいだけだ。ヴォーリはパートナーを持たない。仲間がいるだけだ」

ノーブルは部屋の高い丸天井を見上げ、金色の祭壇に目をやった。ここは惑星にかつて存在した宗教の聖堂らしい。今では建物内の棚が武器で埋めつくされている。

「なぜ会合場所に教会を？」

「もう教会ではない。そういうばかげた代物はとうに滅んだのだ。宗教を利用して民を支配していた聖職者や王族ともどもな。おまえたちはそうした連中をよく知ってるだろう？　われわれはおまえたちの王よりもずっと前に、こんなものを終わりにしたんだ。ここは教会ではなくビジネスの場。この宇宙において真に重要なものを崇拝する場だ。権威はわれわれにしかない。ある者は有毒植物の根の灰を吸い、またある者は目に見えない何かを全身全霊で信じる。魔法をな。心の弱い者にとっては、どちらも麻薬だ」

「レルムは現実そのものです。王は尊敬に値(あたい)します」

グレゴルが身を乗り出した。「おれを脅迫などできないし、レルムの君主もまたしかりだ。おれには信仰などない。あるのはこの人生だけ、快楽と苦痛だ。そして、その先に死がある。だから、やりたいことをやる」

そう言うと彼は水ギセルの煙を吐き出しながら、ノーブルの顔を探るように見た。

「さて、おまえがここにいる理由はなんだ？」

ノーブルは平然を装った。煙で咳きこみそうだったがこらえた。失敗はできない。失敗する気はない。

「われわれが調達したい資源のリストを持ってきました。もはや容易に手に入らないものもあり、一部はきわめて稀少です。あなたの商才を見込んでの取引です」

グレゴルがキセルを放り出して立ち上がった。彼はノーブルよりも三十センチ以上も背が高く、体重は二倍ありそうだった。

「いっしょに来い。今夜は試合がある。賭(か)けも盛んだ。下半身のお楽しみがいいなら、よりどりみどりだぞ」

グレゴルは彼の指示を待っている三人のボディガードにうなずいてみせた。三人が玄関ホールを抜け、そのあとにグレゴルとノーブルが続いた。聖堂から外に出て増築された別棟に入った一行は、小さな覗き窓のついた部屋の前を通った。立ち止まって中を一瞥(いちべつ)したノーブルは目を大きく見開き、目(ま)の当たりにした光景に嫌悪感をあらわした。部屋の中から甲高い声とぴしゃりと打つ音が聞こえてく

る。グレゴルも彼の隣で足を止めた。

「双子と存分に楽しむには、ある種の……貪欲さが必要なんだ。だが、一度体験したら二度と忘れられなくなる。双子は限定されたその手の店にしかいないが、ほとんどは個人所有になってる」

ノーブルが振り返ると、グレゴルはにやにやと笑いながら、ボディガードたちの待つ輸送ベイに歩いていってしまった。

彼らは全地形対応型の装甲車で街を移動した。街は色彩に乏しく、例外は点在する古い聖堂の鮮やかな尖塔（せんとう）ぐらいだった。ヴォーリは厳しい天候で色あせた聖堂をわざわざ塗装し直す手間などかけないらしい。新たな建物も林立しつつあるが、見た目の美しさよりも機能重視だった。舗道には市民の長い列が蛇行しながら伸び、勤務に戻る前に配給品を受け取るのを待っていた。どの顔にも笑顔はない。彼らがすでにヴォーリによって屈服させられていることに、ノーブルは気づいた。インペリアムが彼らに対してさらにできることは何ひとつない。ノーブルが魅了すべき相手は支配する側の者たちなのだ。

装甲車が停止したのは、トーチカのような外観を持つ建物の前だった。堅牢（けんろう）なコンクリート製の直方体で、窓はなく、娯楽施設というよりも刑務所のように見える。ボディガードたちが先に車外に出て、グレゴルとノーブルがあとに続いた。入口では何もする必要がなく、機械の目が彼らをスキャンしたとたんに鋼鉄製の両開き扉が開いた。建物内には紫煙と強いアルコールと汗のにおいが充満していた。あらゆるジェンダーの格闘家が金属製の大きなケージの中で戦っている。武器の使用は禁じられているが、あとはどんな手を使ってもよい。

観客たちはテーブル席にすわり、そこに半裸のウェイターとウェイトレスたちがトレイにのせた飲みものを提供している。一部のテーブルには側面に水ギセルが設置されていた。客のほとんどは高価な服や靴を身に着け、手首や首の時計や宝石を見せびらかしている。賭けをしたいときはテーブルのコンソールをタップするだけでよい。後方の席の客はテーブルに表示されるホログラムで試合を見ることもできる。グレゴルは最前列のボックス席に腰をすえた。あたりの床には血が飛び散っていた。

ノーブルは足もとに注意しながら歩いた。それを見てグレゴルが笑った。

「それっぽっちの血が怖いのか?」

ノーブルは制服を整えた。「怖いものですか。以前、わたしに勝てると思っていたクラスの連中を痛い目をあわせて思い知らせてやったことがあります。ただ、あなたの飲みものに入らないかと心配なだけです」

「心配無用だ、坊や。すべて考え抜いてある。現実世界の格闘は、士官学校とはまったくちがうぞ」

ノーブルは席に着き、リングでふたりの女が素手で殴り合うのを見た。どちらも唇が裂け、頭髪の一部が失われていた。彼は空腹の市民たちが配給を求めて通りでおとなしく列を作っている様子を思い返し、グレゴルを振り返った。

「ここでは秩序をどのように維持しているのです? 個人のみならず集団を服従させるには、何が必要なのですか?」

グレゴルがトレイからグラスを取り、ぴったりしたズボンをはいたウェイターの尻をぴしゃりをたたいた。「簡単なことだ。自分が欲するものを得るために必要なことをなんでも容赦なく実行に移せ

ばいい。必要ならば、自分の母親だって犠牲にしろ。もしも親友がいるなら、そいつが取り替え可能な消耗品であることを悟らせるな。自分の命以外のものはすべて譲り渡しが可能なんだ。ほしいものをその土地と人間から奪い、次に進め。みずから名をあげ、その名に語らせろ」

ノーブルはうなずいた。まさにそのような人物を知っていた。バリサリウスだ。「助言に感謝します。真剣に考えてみます。では、ビジネスのことですが……」

「ここを発つ期限はいつだ？」グレゴルが彼のほうに目も向けずにきいた。倒れながらも叫び声とともに殴り合うふたりの女を食い入るように見ている。

ノーブルはその問いに不意をつかれた。「できるだけ早く帰るように指示されています。が、依頼したものを持たずに立ち去るつもりはありません」

「では、八ヵ月間、ここでおれといっしょにすごせ。兵士のふりをしたヒツジどもの学校よりも多くのことが学べるぞ」

試合では女のひとりが苦痛の悲鳴を上げた。太ももに馬乗りになった勝者が彼女の片腕を後ろ側に折ったのだ。その勝者も両目がほとんどふさがり、血まみれだった。ノーブルには理解不能な言語を話す男がケージ内に歩み入り、勝者のだらんとした腕をつかんでかかげた。すぐさま医師たちが駆け寄り、腕を折られて泣き叫ぶ女の手当てをした。ノーブルはグレゴルを振り返った。

「もしわたしがそうしたら……？」

グレゴルがほかの客たちといっしょに拍手してからノーブルに向き直った。

「そのときは、おまえのほしいものが手に入る。ひょっとすると望み以上のものがな。ただし、おまえにやってほしいこともある。親切心や思いやりでおまえをここにいさせるわけじゃないからな。何ごともただとはいかない。といっても、われわれの権威ややり方に敬意を払ってくれるかぎり、おまえを客人待遇で扱おう。それを判断するのはこっちだがな」

ノーブルは家族とインペリアムのもとに戻って期待された以上のものを届けることを考えてみた。軍事作戦の失敗は忘れ去られ、自分と家名にふさわしい地位を得ることができるだろう。両親は息子に対する失望を撤回するはずだ。ノーブルはこの外世界のギャングとともにすごそうと決めた。これ以上、事態がどれほど悪化するというのか。自分は客として迎えられるのだ。

「ここに滞在します。ご招待とおもてなしに感謝します」

グレゴルがお気に入りのウェイターに手を振った。ウェイターがテーブルの横に来ると、グレゴルはトレイから透明な酒のボトルとグラスを取り上げた。

「それでいい、インペリアムのアティカス・ノーブルよ。今夜は祝杯を上げよう。われわれはきっと万事うまくやり遂げられるだろう」

グレゴルがボトルを持ち上げた。ノーブルは自分のグラスが縁まで満たされるのを見た。

「ありがとうございます。たがいに多くを学べると思います」

グレゴルがグラスをかかげてみせ、酒を一気にあおった。ノーブルも同じようにしたが、飲むのが遅い上にグラスを空(から)にできなかった。彼は顔をしかめてから笑みを浮かべた。グレゴルがかぶりを振りながら苦笑した。

「おれたちの関係が終わるとき、おまえは果たしてどうなっているだろうな」

それから三ヵ月のあいだ、ノーブルはグレゴルの影となり、囚人が排泄物のしみだらけのマットレスで寝ている不潔な刑務所や、タブーのない高級クラブ、まともな作物の収穫が見込めない荒れた農作地などに同行した。グレゴルが好んで口にするように〝空腹がすべてを安上がりにする〟のだ。街の暗い雰囲気とさらに暗い通りのせいで、ノーブルは憂鬱な気分になった。夜になると、猟犬のような生物の群れが街をうろつき回り、ネズミなどを食いあさっていた。グレゴルとともに商用で訪れる建物という建物は老朽化が激しく塗装もはげており、ノーブルが今までに見たことのある植民地の中でも最悪の部類だった。にもかかわらず、それに文句を言う者はひとりもいない。市民が抱いてしかるべき希望はヴォーリがすべて粉々に砕いてしまったのだ。市民たちは与えられるならば、どんながらくたでも満足し、よりよい暮らしを求めてヴォーリの階級制度に加わっていく。

ノーブルはいっこうに約束の情報を受け取れなかった。インペリアムから届くメッセージはいつも性急でそっけない。彼は日に日に焦燥感をつのらせていったが、今はまだグレゴルに話を持ち出せないとわかっていた。グレゴルは彼に恐怖を植えつけた。ノーブルはそれを嫌悪しつつも感心した。まさに彼自身が手に入れたい資質だった。グレゴルの存在には誰もが注意を払わねばならない。邸宅には男女問わず彼の恋人が出入りし、ときにはノーブルが入室を禁じられている部屋でグレゴルと時間をすごしていく。その部屋には双子が住まわされている。閉ざされた扉の向こうから音が聞こえるとノーブルはうっとりし、どのような快楽を体験できるのか夢想するようになった。

ノーブルはグレゴルの邸宅で快適な睡眠をむさぼった。常に監視されていることはわかっていたが、脅威を感じることはなかった。

「起きろ！」

グレゴルが叫びながら鍵のかかっていない扉を乱暴に開け、ノーブルの寝室に入ってきた。

ノーブルは眠い目を扉に向けた。「何ごとです？」

目の前に立ったグレゴルはすでに服を着て、ひげをきれいに剃っていた。彼のコロンが強くなるのは格闘技バーでひと晩中すごすときだけだ。

「今からおまえの本質を見せてもらう」

ノーブルはベッドを出ると、グレゴルが見ている前で服を着た。一瞬、これが自分の終わりになるのかと思った。インペリアムがヴォーリに脅しをかけ、そのせいで自分が犠牲になるのだろうか。仮にそうだとしても、自分にできることは何もない。もはや抜き差しならなかった。

厚い毛皮コートを着た屈強なボディガード二名が扉の外に立っていた。グレゴルが先導して通路を歩き、ノーブルはあとについていった。ボディガードはノーブルのすぐ後ろを歩いてくる。なんらかの事態が生じているのはまちがいない。真夜中の凍てつくような空の下、輸送車が待っていた。ノーブルは流れにしたがうほかなかった。会話もない十五分のドライブの末、初日に行った格闘技バーとよく似た建物の前で車が停止した。グレゴルが振り向いた。

「何ごとからも逃げるな。おまえは容赦なくやり遂げるんだ。今夜、証明してもらおう。おまえがもう一日生きるに値することを。ヴォーリが物資を与えるのにふさわしい相手であることを」

「わたしはふさわしい人間です」

グレゴルがボディガードたちと車を降り、建物の扉に向かって歩いた。ノーブルはこれが一種の試験であると察したが、何をするのか見当もつかなかった。扉が自動で開いた。中は例の格闘技バーと似た別のクラブだった。シャツを脱いだ男が五人立っており、その身体は一面にピンク色の傷跡でおおわれ、それがタトゥーのように図柄を形成していた。ほかに黒い幾何学模様の本物のタトゥーも身体のさまざまな部位に彫られている。男たちは血のように赤い目でノーブルを見た。リングの中央にひとりの男が椅子にすわって縛られていた。着ているインペリアムの制服は破れており、靴は履いていない。足の裏は切り刻まれていた。頭にすっぽりかぶった白いヘルメットで顔は見えない。ヘルメットは口のあたりにだけ穴があいていて呼吸ができるようになっている。

「こいつはおれの大事な資産を傷ものにした。おれに借りがあるが、こいつは貴族の家の出だ。おまえはこいつから情報を引き出さねばならない。こいつの父親がダグスでやってる採掘について知りたいんだ」

「なぜわたしが？」

「理由はじきにわかる」

彼らはリングに入っていった。ノーブルはグレゴルのほうをうかがった。彼は縛られた男のほうに顎をしゃくってみせた。

「ヘルメットの側面に触れてみろ」

ノーブルが指示どおりにしてみると、白いヘルメットが半透明に変わった。彼は思わず目を見開いた。男は彼よりいくつか年上で、モアのある古い家系の息子だった。ドーン……。彼は名前を思い出した。

「アティカス！」ヘルメットの男が血だらけの歯を見せて笑った。ノーブルの顔を見て安堵した様子だった。片方のまぶたが紫色に腫れ上がり、下唇は裂けていた。「どうか助けてくれ。何もかも誤解なんだ。きみから連中に話してくれ。故郷では事情がちがうって」

ノーブルは友人らしくふるまう必要があった。それだけはよくわかっている。

「ああ、そうだな、わたしの後ろにいる紳士は損害の責任がきみにあると感じている。わたしはきみを自由にするため、できるだけのことをするつもりだ」

「彼女はただのカードディーラーで……ほかにもいろいろやるって聞いたんだ」

「わかった、わかった」ノーブルはドーンの前で膝をついた。「いっしょに事態を正そう。だが、まずはきみがこの紳士に見返りとして何かを差し出す必要がある」

ドーンが必死の形相で頭を振った。汗でヘルメットが曇った。「なんでも出す」

「これを」グレゴルがポケットから棒状のものを取り出した。「血液、それから目だ。棒の先端で指を突き刺し、長いほうで角膜をスキャンできる」

ノーブルは立ち上がり、ペンのような金属製の道具を受け取った。ドーンの背後に回り、縛ってある手の指を突き、ふたたび正面の位置に戻った。次いでペンを水平にかかげて相手の目をスキャンした。

「これはなんのためだ？」ドーンが舌をもつれさせながらきいた。

グレゴルがうっすらと笑みを浮かべ、目をすがめた。「企業の積荷情報がほしい。これで物資が手に入る」彼はしわがれ声で言った。

「なんだって？　だめだ、そんな……」

グレゴルの声が部屋の隅々にまでとどろいた。「おまえが向こうにいて、おれがここにいたら、おれには何もできない。おまえがここにいるかぎり、おれは好きなことができる」

ノーブルが道具を返すと、グレゴルがにやにや笑いながら告げた。

「さあ、こいつを殺せ」

「やめろ！　やめてくれ！」ドーンが叫び、椅子の中で激しくもがいた。

グレゴルがノーブルの耳に顔を寄せた。「おまえたち双方のために、ことを容易にしてやろう。ヘルメットの右側面を指でこするだけでいい」

「お願いだ！　頼む！　ぼくらはモアで家族同然だったじゃないか！」

ノーブルはドーンに近づいた。迷うことなくヘルメットをこすった。ヘルメットは半透明のままだったが、口の開口部が閉じた。男はふさがっていないほうの目を大きく見開き、それに劣らないほど大きく口を開け閉めしながら悲鳴を上げた。グレゴルとノーブルは、ドーンが窒息によって顔を変色させながら死んでいくさまを見守った。ノーブルは何も感じなかった。ただ、自分でなくドーンの命でよかった、としか思わなかった。彼はグレゴルに肩をたたかれ、振り向いた。グレゴルが先ほどの道具を差し出してくる。

「今度はおまえだ」

「え？　なんのためです？」

「おまえがここに来た日、おれは見返りがほしいと言ったはずだ。おれはおまえの家族の秘密が知りたい。両親ともかなり高い地位にあるから、必要なときにインペリアムの目を逃れるのに役に立ちそうだ」

　ノーブルはこれが試験だとわかっている。忠誠心がどこまで深いか、それが誰に対するものかを試されているのだ。もしもこれを拒否すれば、手ぶらで送り返され、両親に敗残者として見られるだろう。拒否しなければ、両親を裏切ることになるが、勝利のうちに帰還できる。どちらにしても、両親に疎まれることに変わりはない。両親にはなんの義理もなかった。両親はいずれ死んでしまうのだから、自分のためにこれをすべきだ。ほんの一瞬だが、目の前のヘルメットをかぶせてやったら父親はどんな顔をするだろうかと想像した。ノーブルは道具をつかみ、今は椅子で死んでいる貴族に対してやったのとまったく同じことを自分にほどこした。

「今からおまえに印をつける。少しちくっとするだけだ」

　かすかなうなり音が背後から顔の前に移動してきた。上半身裸の男のひとりが金属製の小さな箱を目の前に差し出してくる。大きさは指輪の箱ほどだ。ノーブルは恐怖を顔に出すまいとしたが、うまくいかなかった。男が箱を開けると、中に入っていた昆虫めいた小さな四本脚のボットが跳ね上がるようにして起動した。男が箱をノーブルの頬に近づけた。ボットが箱から頬に飛びつき、目のすぐ下あたりにちょこちょこと移動した。ボットが噛みつき、ノーブルは歯を食いしばった。何かが皮膚の下にもぐりこんで骨まで達するような感触があった。彼は何が起きているのか見ることができず、ただそれを感じていた。眼球全体にずきずきと痛みが走った。

　こぶしが白くなるほど両手をきつく握りしめる。数分ののち、ボットは箱の中に跳んで戻った。男

がノーブルの目の前に箱をかかげ続け、その金属平面に映る顔に残された小さな黒い幾何学模様のタトゥーが見えた。

「祝杯だ！」グレゴルが大声で言った。彼はいつも酩酊(めいてい)物質を摂取する準備ができているようだ。

「そのあと、取引を始めますか？　あなたは自分のほしいものを手にした。わたしへの約束を覚えていますか？」ノーブルは尋ねた。

グレゴルが彼の顔をまじまじと見て目を細めた。「もちろんだ」

ノーブルは少し間をおいた。

「頼みごとをしてもいいでしょうか？」

グレゴルが片眉を吊(つ)り上げ、ヘンピルの葉の煙草を取り出した。「厚かましいな。言ってみろ」

「双子に会わせてください」ノーブルはまっすぐ相手の目を見て言った。

グレゴルが腕組みをして笑った。「おまえがここに到着したときからわかってたよ。おまえにはあの双子が提供するものに対する素質があるってな。おまえが向こう側の人間でなかったら、われわれの仲間になれたろうに」

ノーブルはボディガードたちの手で椅子から引き離される貴族の死体を見やった。おそらく死体は町はずれにある工場のどれかに運ばれ、二度と見ることはないだろう。

「そういうものですか？　それほど明確な区別がありますか？」

グレゴルがにやりと笑う。その赤い目が炎のように明るく輝いた。「常にそうだ……おまえもそのように考えるべきだ。そうやって行動すれば、遠くまで行けるだろう」

ノーブルは建物から外に歩み出た。グレゴルが支配的指導者でいられる秘密を手に入れるために、ヴォーリのように非情であろうと決意していた。夜が明けるころには双子のずるずるとくねる肉体の待つ禁断の扉が開くことを願った。

第六章

　朝日が盆地の中に勢いよく射しこみ、村人たちに起床時刻を告げる。前夜に祝宴を開いたとはいえ、仕事はまだ終わったわけではない。

　タラクは鐘の音を遠くに聞きながら、長い手足を伸ばして隣に横たわる女性を抱き寄せた。むき出しの肩に背後からキスをされたヘルヴォアは笑みをこぼし、彼の存在をいっそう近く感じた。

「もう起きないと」彼女はうめくように言った。

「本気か？　これでも？」タラクが裸体を密着させ、彼女の腰に手を這わせた。

　ヘルヴォアは彼の硬いものに後ろから誘いをかけられ、唇を噛んだ。昨夜は彼女が何年も遠ざかっていた感覚を何時間にもわたって味わい続けた。彼女には若さはないかもしれないが、経験がたっぷりある。年月を経るにしたがって自分を抑える気持ちも不安も消え去り、もはや寝室で顔を赤らめることなどほとんどない。

「もう一度あれの喜びを味わうのを拒むなんてできると思う？　時間はまだ少しある……最初の鐘はただの起床の合図だから」

　ヘルヴォアはそう言うとタラクに向き直り、彼にのしかかって仰向けにさせた。鍛え上げられた肉体を貪欲なまなざしで見つめていると、村人の一部が彼の魅力的な外見についてひそひそ話を交わしていたのを思い出し、笑みが浮かんだ。舌でタラクのすべすべした胸から腹への稜線をなぞっていく。彼女の髪がさらさらと肌をかすめると、彼の胸板は期待とともにふくらんだ。ヘルヴォアの口がさらに下へと移動して彼のものを口に含むと、タラクがぱっと目を開け、長いうめき声をもらした。彼は視線を下げ、ヘルヴォアが舌と口を思うがままに使ってすばやく弾いたり深く飲みこんだりしながら手も使って魔法のような刺激を生み出すさまを眺めた。彼女は一瞬たりとも動きを止めない。相手の興奮に満足すると、彼女は這い上がるようにしてタラクの上にすわった。

「こんなのどこで覚えたんだ？」

彼の問いに笑い、ヘルヴォアは腰を動かし始めた。

「あたしは三十年も結婚生活を送ってた。そしたら、いろいろ学べるってものよ。刺激を長引かせるやり方とか、自分自身のこと……あたしはどうするのが好きか……とかね」

タラクが彼女の腰に手をあてがって適切なテンポで動くように仕向けると、彼女が揺れながらあえぎ声をもらした。その動きに合わせて彼も腰を突き上げる。彼女はタラクの手を導き、両脚のあいだであらわになっている残りの柔らかい部分に触れさせた。さらに声を上げるうちに、彼女はもうこらえきれなくなって恍惚の中で身を震わせた。タラクは彼女の両手をきつく握りしめ、絶頂の輝きで彼女の色白の肌がピンク色に染まり乳房が柔らかく弾むのを見ながら、激しく突いた。彼の身体が痙攣し、爆発するような一瞬の中で解放された。

こんな感覚はもう二度と味わうことがないかもしれない。そんな思いでふたりがぐったりと倒れこんだのは、次の合図の鐘が鳴るほんの数分前だった。

差し迫る運命を思い出させるように二度めの鐘が鳴ったあと、村人たちが集会所の前に集まり始めた。そこにはタイタスがハーゲンと並んで待っていた。

「よし。今日は村の守りを固める準備を始めよう。まずは製粉した穀物の袋をすべて集落の中に運び入れる。そうすれば、敵も穀物を破壊することを恐れて、おいそれと軌道上から砲撃することができない。敵が地上戦を余儀なくされたとき、インペリアムが残していった武器がわれわれの防衛に役立つ。村にある猟銃、ナイフ、弾薬もひとつ残らず探し出して集めろ。狩りをした経験のある者も全員集まってくれ。武器はすべて穀物倉に運ぶこと。村を流れる川……そこがわれわれの第一防衛ラインだ。仕事の手が空いている者は射撃や戦闘の訓練をおこなう。そこで最も腕前を証明できた者たちに武器を割り当てる。最後に、コラとアリスは放置してある降下艇を回収してくれ。何か質問は？」

村人たちは無言で顔を見合わせるだけで、誰も声を発しない。

「では、始めよう」

彼らは武器を探しに走った。ヘルヴォアは亡き夫のライフルを今も保管していた。ほかの者たちも物置や、納屋や、何年も鍵がかかったままの収納箱をあさった。

ミリウスは村人たちを手伝って穀物倉から穀粉の袋を運び出し、集会所の前など村の重要拠点となる場所に置いた。袋を高く積み上げ、長い列を形成する。これで、必要な穀物を台なしにせずに上空から攻撃することはできない。

おとなたちの作業を見ている子どもらは、大きな好奇心とともに恐怖心もわずかに覗かせている。収穫を終えたあとの浮かれ気分はすっかりどこかへ行ってしまっていた。最後の段階——ひょっとすると自分たちが滅亡に向かうかもしれない段階――が始まったのだ。

穀物倉にハーゲンとタイタス、コラ、グンナー、アリスが顔をそろえた。武器に関しても穀物と同様にグンナーが管理する。インペリアムが残していった大きなクレートのほとんどは、まだ開封もされていない。

アリスがつぶやいた。「ジミーがここにいてくれたらな。彼なら中身についてすべて把握してるかもしれない。ぼくはまだ新入りだから」

コラはクレートを調べながら言った。「ジミーはきっと無事で、わたしたちが思ってる以上に近くにいると思う」彼女は先端のとがった棒を見つけた。「中身を確かめる方法はひとつ。箱を開けて何があるか見てみる」

彼女は棒をてこにして箱をこじ開け、ゆるんだふたをタイタスとグンナーが素手ではがした。

「いいのが出てきた」彼女はそう言って中にある武器を見た。

タイタスがうなずき、クレートの中から大型ロケットランチャーを取り出した。「これはかなり役に立つだろう」

さらに下のカバーを取り去ると、さまざまな銃器があらわれた。その中に銃口の広がった古式ゆかしいブランダーバス銃まであるのを見て、タイタスは目を見張った。

グンナーが銃器類を箱から出して並べ、記録をつけていった。

ほどなく村人たちが手に手に武器を持って穀物倉に集まってきた。ハーゲンがそれらを受け取り、数を把握するためにほかの者たちと手分けして並べた。

「死んだ兵士たちの軍服はどうする？」

グンナーが樽の上にたたんで積んである服に近づいて一枚をつかみ上げた。「血痕は簡単には取れないだろうけど、どうにかやってみよう」

コラが制服を一瞥した。「ううん、そのままでいい」

「そうだな」タイタスが同意した。「わたしは標的を準備しよう。武器は手に入った。あとは誰がそれを使うかだ」

グンナーが記録用紙から目を上げた。

「古いウラキ小屋に、かかしがたくさんあるはずだ。標的を固定できる干し草の俵も大量にある。集会所に行けば、使い古しのボトルが何本も見つかる」

タイタスが銃器をひとつ手に取った。「よし。それでうまくいきそうだ」

コラはアリスに目を向けた。「降下艇まで行きましょう」


戦士たちが畑のさまざまな場所に標的を配置し、ハーゲンが荷馬車の荷台から銃を下ろして使い方を知っている者たちに手渡した。

杭で立てられたかかしに着せた古着が風に揺れている。大まかに標的を描いた布が積み上げた干し草の俵にピンどめされ、別の俵の上には古いガラス瓶が立ち並ぶ。

サムは並んだ銃器を見渡してから、ブランダーバス銃を選んだ。彼女はぼろぼろのシャツとズボンを着せられたかかしが標的として立っている畑に足を踏み入れた。標的に目をこらしてから銃の狙いに倒れた。
をつけ、引き金を引く。かかしは胸の部分が破裂し、干し草と驚いた虫たちを飛び散らせながら地面に倒れた。

「おみごと」

サムが声に振り返ると、タイタスがうやうやしく一礼していた。

タイタスは村人たちがインペリアムの銃器や家で見つけた古いライフル銃を使う様子を見て回った。彼らの腕前はタイタスが期待していたレベルを超えていた。銃弾が命中するたびに、空中に干し草やガラスが弾け飛んだ。

タラクとネメシスは銃を持たない村人たちを集め、ナイフを使った接近戦の基本を教えた。いつもネメシスのあとにくっついているエルジュンもその様子を見守っていた。

ミリウスは大鎌をかまえ、戦闘で使えるさまざまな動きをやってみせた。金属の刃で大きな弧を描いて空気を切り裂く。村人たちがたがいに安全な距離を保ちつつ、その動きをまねる。干し草の山には干し草フォークが立てかけられ、次の出番を待っていた。

タイタスは村人たちの上達具合を確認したあと、タラクのところに向かった。

「戦闘の準備はできたか？」タラクがきいた。

タイタスは大きな息をつき、フラスクからひと口飲んだ。「人は戦闘に対して準備などできない。戦闘はそれ自体が変化するものだ。なりゆきにまかせるしかない」

村人たちが各自の個人訓練に移ったとき、エルジュンが並べられたナイフを眺め、その中から一本を選んだ。それをネメシスに見せに行く。

ネメシスはその刃をじっくり観察した。「これはとてもいいものよ」彼女はエルジュンがナイフではなく自分を見ていることに気づいた。「どうかした？」

エルジュンが目をそらす。「どうしていつもその鉄の手袋をしてるの？　手がどこか悪いの？」

ネメシスは表情をやわらげた。

「これは手袋でなく、わたし自身の手なの。これをはずしたら、剣も何もつかめなくなってしまう。この手はわたしの血の中に知恵を覚醒させるための代償であり、オラクル鋼への道を示してくれるもの。この手によってとてつもない力と理性の源を生み出すことができる」

「ぼくも手袋をしたほうがいい？　そうすればもっと強くなれる？」彼は子どもにしかない無邪気さでネメシスの目を見つめた。

「あなたには必要ない。あなたにはあなた自身の強さがあり、じきにみずからの道を見つけることになる」彼女はほほ笑みながらナイフを返した。

「ありがとう」エルジュンはこくりとうなずいたが、彼女から目を離そうとしない。

「何？」

「あなたには、どこかに子どもがいる？」

その質問にネメシスは痛みを覚えたが、彼が痛みを与えようと発したわけではないとわかっており、エルジュンにほほ笑んでみせた。わが子たちが生きていたときに見せた好奇心を思い出さずにいられない。

「ええ。でも、もうわたしのもとにはいない。どこにいようとも、いつかはあの子たちの顔を見られて、またいっしょになれると思う」

「そう……会えるといいね。あなたはその子たちのために戦ってるんだね、また会うために」

「今はあなたのために戦う。あなたが長生きしてよい人生を送れるように」

エルジュンが彼女に抱きついた。「ありがとう。きっとそうしてくれるよね？」


コラとアリスは穀物倉をあとにし、降下艇へと向かった。放置場所の草原は村からさほど遠くない。戦いが目前に迫っていて時間が惜しい今、それはありがたかった。木々のあいだから機体が見えてきたので、コラは足を速めた。降下艇にたどり着き、扉を開けようとしたところで動きが止まった。記憶がどっと押し寄せてきた。血まみれで逃げ出すはめになったできごとを思い出し、胸が張り裂けそうになる。強引に唾を飲みこみ、感情を押し殺した。今はふさぎこんでいるときではない。

「どうやって修理したの？」

「ぼくじゃないんだ。ジミーがやってくれた。ぼくたちがここで野営した夜、彼が食べものを用意して、修理もしてくれたんだと思う。彼は森にいて、黙って見守ってくれてるみたい。ぼくたちといっしょにいてくれたらいいのに。誰も彼に危害を加える気がないんだから」

「彼の意思にまかせましょう。さあ、これを村に持って帰らないと」

コラは緊張を覚えつつ機体の乗降扉を開けた。まさかインペリアムの船にふたたび乗ろうとは思ってもみなかった。ましてやインペリアムに対する反乱に加わることになるとは。操縦室に入った彼女はコンソールの上に指をさまよわせた。

「よければ、ぼくがやろうか」アリスが言った。

コラは前を見つめ、操縦桿を握った。

「いいえ、これはわたしがやらないといけないの」

エンジンが轟音(ごうおん)を発し、機体が地面から浮き上がった。これは終わりの始まりかもしれないし、新たな始まりかもしれない。大きな円環を一周してもとに戻ってきたように思え、気持ちの一部が晴れるように感じた。これは終わりの始まりかもしれないし、新たな始まりかもしれない。降下艇は村に向けて出発した。操縦の感覚がよみがえるにつれ、全身に反射神経とアドレナリンが戻ってきた。隣のアリスは目にしたすべてを吸収するかのように高い集中力で彼女の一挙手一投足を見ていた。収穫の終わった農地の上を通りすぎ、石橋の手前でホバリングしたのち、コラは降下艇を着陸させた。機体が接地して動きが止まると、彼女は息を吐き、マザーボードを操作してタラップを下ろした。

機体の外に出ると、石橋の上に立っていたタイタスとタラクが近づいてきた。

「最終兵器……それはこの船に乗ったきみだ」タラクが言った。

コラはにやりと笑った。「うまく飛べるように祈って」


ホークショーのひとりが岩棚の縁に立ち、高倍率の双眼鏡で遠く村を見下ろしていた。彼は双眼鏡を降下艇に向けた。ほかのふたりのホークショーは巨大戦艦が到着するまで監視を続けられるよう食糧と武器を整理している。三人とも毛皮を着用しているのは、この土地の気候が彼らの種族には薄ら寒く感じられるからだ。

「おい、やつらは降下艇を持ってるぞ。通信の準備をしろ。こいつは〈王のまなざし(キングズゲイズ)〉が興味を持つ情報だ」

「報酬をはずむぐらい興味を持ってほしいもんだ」

リーダー格のホークショーが副官を見やった。「いいから通信の準備をしろ。金の交渉はあとだ」

副官がうなずき、ホログラム通信装置を起動させた。赤い点滅とともに通信が確立され、カシウスの姿があらわれた。彼は動揺しているように見えた。そんなことは初めてだった。

「定時報告まで待てないほど緊急の用件なのか?」

ホークショーのリーダーは空気を嗅いでいるほかの二名を振り返り、ふたたびカシウスに視線を戻した。

「この村の連中はとんでもないものを持ってます。今、見たのですが、連中は……」

そこで通信が途切れた。

耳をつんざくような爆発音がとどろき、通信装置が破片となって吹き飛んだ。ホークショーたちは銃声のほうを見やり、驚きで棒立ちになった。そこにはジミーが一体いた。先をとがらせたシカの角を頭に固定し、マントを風にはためかせている。ロボットが大きな二歩でホークショーのリーダーに近づいたかと思うと、がしっと首をつかみ、大ぶりの石でその顔をたたきつぶした。

リーダーが倒れるのを見た別のホークショーが、ジミーに向けて銃を二発撃った。銃弾は金属のボディに跳ね返された。ジミーが突進し、手の甲の強烈な一撃で相手を打ちのめした。そして振り向きざま、もうひとりに発砲した。ホークショーはふたりとも絶命し、その場に倒れこんだ。

ジミーは並んでいる機材を見渡してから、遠く村を見下ろした。きわめてまずい状況だった。村の計画はすべてインペリアムに筒抜けだったにちがいない。偵察任務にかけてホークショーは噂にたがわず優秀だった。

アヌーラ人がホークショーの仕事にことのほか向いているのは、母星アヌーラにおいて特異な進化を遂げた身体的特徴や能力によるところが大きい。アヌーラの低地は深い緑におおわれ、大気がじめつくほど湿度が高く、広大なジャングルと湿地の一部は人が踏み入ることもできなかった。ぬかるんだ土手には大きさが人間ほどもある肉食性植物が咲き誇り、からみ合うツル草の中には獰猛な獣や毒を持つ昆虫が棲息している。上空から見れば、惑星の一部は緑の繭のようだ。アヌーラの人びとはこの過酷な自然環境を巧みに利用する方法を知っており、戦闘においてはそれを敵に対する優位性に変え、日々の暮らしでは必要なものをそこから得てきた。

彼らはこの環境に劣らずしたたかだった。まだら模様のある肌はカムフラージュに適しており、ジャングルの奥地に住む者たちは戦闘や逃走の際に肌の色を変化させたり、生物発光を起こすこともできる。上向きの鼻孔はほかの人種にはわからないにおいを感知可能で、黄色い瞳は夜目がきく。空も見えない深いジャングルや、濁った川や、暗い洞窟で暮らすには、そうした能力が不可欠だった。

彼らの生殖はほかに類を見ないほど独特なものだ。男と女のあいだで性交はない。性を楽しむ行為に強い不快感があり、そうする者たちを不潔だと考えている。女は排卵すると万人が心地よいと感じるわけではない強烈なフェロモンを発散させる。選ばれた男は地下洞窟にある岩場の湧き水だまりの中にすわりこみ、目を閉じて瞑想（めいそう）状態に入る。そうすることで体内に存在する子種に必要なエネルギーが与えられ、体外に放出される。オタマジャクシのような子種は冷たい水の中を泳ぎ、男はその場から立ち去る。次に十人もの女たちが湧き水だまりの中に脚を広げてすわり、彼女たちも瞑想状態に入る。彼女たちが受け入れを終えて立ち上がるのは、水の中に子種が一匹もいなくなってからだ。

　アヌーラ人はひと組の男女をリーダーとする氏族を形成して暮らしており、リーダーは戦闘能力によってその座に就く。戦闘は一対一の格闘ではない。彼らはともに戦う小さな軍隊を持っており、最少の犠牲で勝ち残った者が負けた氏族とその土地を支配する。氏族のあいだには意見の相違があるが、長老たちはひとつの点で意見が一致している。よそ者は即座に殺すという掟だ。それは、接触を試みてきたある外来種族が友好の代わりに菌類を蔓延（まんえん）させ、数千ものアヌーラ人と固有生物が死滅してしまい、もとどおりの人口に増えるまで数十年もかかったという過去に由来する。

　以来、異星人の接触があると、アヌーラ人たちは彼らをひとり残らず虐殺し、彼らの有しているテクノロジーを奪った。そうやって回収したものから自分たち独自の科学技術を生み出し、生活様式に役立ててきた。

　惑星には山岳地も存在し、地形が低地から起伏のある高地になだらかに移行するにつれて気候が涼しくなる。高地には死者が土に還（かえ）るための場所があり、そこには侵略者や望ましくない科学技術も焼かれて埋められる。大地は浄化の方法を熟知している。とても神聖な土地であり、住んでいる者はいない。地表をおおうものはなく、無防備なままさらされている。荒れ狂う嵐に耐えねばならないのは、野生動物と石の神殿だけだ。さらに高度が高くなると岩と雪と氷だけの不毛な土地となり、春に

なるとそこから冷たい水が低地へと流れていく。

高地に長く暮らしているアヌーラ人は皮膚が厚く変化しており、肌が岩や雪に似た色をしている。ふつうの人間なら数時間で死んでしまうほど大気が薄いため、彼らの肺は巨大化し、そのため身体も大きい。山にさまよいこんだよそ者は、厳しい気候やシェルパヌラと呼ばれる者たちの餌食になるのが関の山だ。高地の人びとは山を中心とした独自の文化や儀式を発展させた。

インペリアムが惑星アヌーラに初めて着陸したのは数百年前のことで、そのときは低地に住む人びとを下等生物と見なして数千人規模で殺戮（さつりく）し、広大なジャングルを焼き払った。しかし、多くの氏族が団結してゲリラ戦を展開したことにより、インペリアムの兵士側にも多数の犠牲が出た。沼地に向かった兵士たちは水面下に棲（す）む獣によって水中に引きずりこまれ、痕跡も残さずに死んだ。腕の長さほどもある巨大昆虫の巣を誤って破壊した兵士たちは、飛び出してきた昆虫に刺されて大混乱におちいった。兵士たちは銃で反撃したが、空中を勢いよく飛び回る昆虫は容易に命中させられる標的ではなかった。視界にとらえられない敵は殺せないのだ。インペリアムの兵士たちにとって栄養源は持ちこんだ食糧だけだった。現地の自生植物は摂取可能かどうか判断するのがむずかしく、見た目と香りから甘い果実だと思った実を食べた兵士たちが立っていられないほど嘔吐（おうと）したりした。だが、アヌーラ人たちはその実を消化することができる。兵士たちは嘔吐することで胞子をばらまき、その植物をさらに繁殖させる結果となった。

インペリアムはジャングルに装甲メカを投入し、アヌーラ人たちを追って木々を踏み荒らしたが、まるで見えない力が働いたかのように動きを阻まれた。その重量のせいでメカが湿地に沈みこみ、回収不能となってしまったのだ。アヌーラの人びとがマンモスサイズのメカをその重量に比して不安定な場所へと誘いこんだ結果だ。

インペリアム軍の司令官、ジュノー提督は自軍の損害を調査し、それを引き起こした人種に対してふたつの考えを抱いた。アヌーラたちを宇宙から消滅させることは可能だが、それでは大きな被害を受けながら手ぶらで帰還することを意味する。元老院の議席や昇進は、軍事作戦の成功があってこそだ。ジュノー提督には勝利が必要だった。部下たちがジャングルに消えて戻ってこない状況を見ているうちに彼は、この人種を別の用途に使えるのではないかと思いついた。

この人種はみずから行動する生来の狩人であり、見た目も恐ろしい。ジュノー提督は生き残った部下たちを、ジャングルを焼き払ってできた空き地まで退却させた。敵に監視されているのは承知の上だった。兵士たちは空き地の奥に引き下がり、武装しつつも武器をかまえずに待機した。ジュノーは焦土と化した土地の中央に物資のつまったクレートを下ろさせた。灼（や）けつくような太陽が照りつけ、巨大な両生類の鳴き声が大気を震わせる中、彼は全身の毛穴で汗が泡立つのを感じながらあたりを見回した。インペリアムの制服はこのような環境にはまったく適さない。

提督は手のひらを見せて両腕を挙げた。相手が言葉を理解しないだろうと思いつつも、彼らのリーダーがあらわれることに一縷（いちる）の望みをかけて話し始めた。

「きみたちがいたるところで目を光らせているのはわかっている。ここはきみたちの土地だ。わたしは話がしたい。それに贈りものがある」

ジュノー提督の隣には若い書記官が立っていた。他人種の情報を可能なかぎり収集するのが仕事で

ある彼は、必要とあらばどんな方法を使っても情報を引き出せと教えられていた。アヌーラにおいて、彼はすでに独自に調査と分析をおこなっていた。これまで捕獲して殺したアヌーラ人の言語に基づき、ジュノーの言葉を翻訳することに全力をつくした。密生した木々の向こうからはなんの反応もない。

「このクレートを見てくれ」

ジュノーが鬱蒼（うっそう）とした闇の中へそう叫ぶと、部下のひとりが箱に近づいてふたを開け、提督がモアから持ちこんだ最高級アルコールのボトルや各種の珍味を次々に取り出してみせた。ふたつめの箱には武器が満載されている。

「贈りものだ！　敵ではなく味方になろう。わたしはきみたちをどうやら過小評価していたようだ」

じっと様子をうかがって待っているはずの敵に、ジュノー提督はうなずいてみせた。

遠くで草を分けてくる音がかすかに聞こえた。やがてアヌーラ人がふたりあらわれた。インペリアムの兵士たちが遭遇した戦士たちと同じ格好をしている。両生類の皮で作った下帯を着けたふたりは、たくましい脚や腕にナイフをくくりつけ、ひとりは特異な科学技術で作られた一種のライフル銃を胸に斜めにさげていた。彼らは泥の上を歩いてくると提督を真正面に見すえ、空気のにおいを嗅いだ。やがて、ひとりがクレートからまだ蹄（ひづめ）のついた乾燥肉をつかみ、もうひとりはボトルを選んだ。

「いいかな？」と言いながら、ジュノーは箱からボトルを一本取り出した。開栓して飲んでみせると、ふたりのアヌーラがボトルに鼻を近づけてにおいを嗅いだ。彼らは回れ右をすると、もと来た道を戻っていった。

ジュノー提督はほくそ笑み、兵士のひとりに告げた。

「火をおこせ。合意にいたるまでもう少し待つことになりそうだ」

夜空に無数の星がまたたき始め、気温が人間にとって心地よい程度にまで下がったとき、遠くにたいまつの明かりが見えた。提督は顔を上げ、やってくる相手を出迎えるために立ち上がった。近づいてきたのは総勢十名。集団の最後尾にはリーダーとおぼしきアヌーラ人がいた。手にボトルを持ち、ほかの者たちよりもゆっくりとした歩みだった。提督は隣で居眠りをしていた書記官をたたき起こした。集団はたがいに顔を合わせる位置で足を止め、リーダーが進み出た。

「おまえたちの言葉はいくらか話せる。わしがずっと小さかったころ、商人や猟師がここへやってきた。父の父がそのひとりを捕え、わしに技術や言葉を教えさせた。それから、わしらはその男を殺し、シェルパヌラへの捧（ささ）げものにした」

ジュノー提督は笑みを浮かべ、相手のボトルを一瞥した。「それは気に入ってもらえたかね？」

「それほどでもない。わしらにはわしらの酒がある。だが、若い者たちは気に入った。……ところで、おまえたちは何をしに来た？　わしらの世界をひどく壊し、罪のない者をたくさん殺した。おまえたちの戦い方は恥ずべきもの」

ジュノー提督は相手の図太さが信じられなかった。

「それはおたがいさまだ。こちらも多くの兵が無惨な死に方をした。だからこそ同盟を望んでいる。インペリアムが必要としているのは、まさにきみたちのような戦士だ。軍服を着て戦場に出てほしいのではない。きみたちの能力にふさわしい別の仕事がある。きみたちの狩りのやり方が気に入った。

きみたちはわれわれにないものを提供できるんだ」

「それがわしらの得意なこと。それがわしらの生き方。だが、慰みで戦うのは、わしらのやり方ではない」

「さっき〝シェルパヌラ〟とか言っていたな。それはなんだ？」

リーダーが背後を一瞥した。

「山に住む者。わしらと似ているが、気にするのは自分たちの山の世界だけ。彼らの先祖が探検に出て、二度と帰ってこなかったから。彼らは季節がいくつかめぐるごとに一度、月が一番明るい夜に山から下りてきて、いっしょに行く気のある女たちを選ぶ。わしらは平和を保っている。山へ行ってはならない。無理に会おうとすれば、彼らは足もとの山をすべて壊す。たとえ自分たちがみんな死ぬとしても」

ジュノーが暗闇に目をこらすと山並みがかろうじて見えた。

「なるほど、わかった。われわれが到着した際、山に巨大な石がいくつかあるように見えた。大したものではないと思ったが」

「そう思うのはおまえの勝手。おまえは何も考えていない。あれは寺院だ。わしから話せるのはそれだけ」

ジュノー提督は深追いする気はなかった。非友好的で自分たちの殻に閉じこもっている者たちは重要ではない。彼はもう十分に損害をこうむっていた。「率直に話してくれて感謝する」

「次はおまえの番。何が望みだ。わかりやすい言葉で言ってくれ」

提督はリーダーの隣にいる男女の戦士たちを見やった。

「そちらの戦士たちの何人かにわれわれといっしょに来てもらい、訓練を受けてほしい。そうしてくれたら、われわれはきみたちに平和を約束し、ときどきここに戻ってきてはわが軍に加わりたい者を連れていく。その者たちは、この惑星と同じくらい美しい場所をたくさん見るだろう。そして、このような贈りものをもっと受け取ることになる」そう言うと彼はクレートに近づき、武器をひとつ取り上げた。

戦士たちは箱に好奇の目を向けている。リーダーがクレートから離れた。じっくり観察してから投げて戻す。

「明るくなってから、全員を呼び集める。そのとき、行きたい者がいるか見てみよう。わしが戻るまで待て」

リーダーがきびすを返し、ジャングルに帰っていった。近くの湖から発生する霧が地表を流れてきて、彼らの行き先をおおい隠した。

ジュノー提督は事態の展開を誇らしく思いながら息を吐いた。元老院の議場で自分の名前がささやかれるのが聞こえるようだ。アヌーラのリーダーは、戦うことが自分たちの流儀ではないと言ったが、彼は信じていなかった。戦士たちを連れて帰れば、彼らはその容貌だけで恐怖をあおるだろう。訓練によって忠誠心を持ち、この宇宙が提供する物質をもっと欲するようになるだろう。

第七章

夜が訪れ、村はビロードのマントのような闇におおいつくされた。月や星は雲に隠れ、光はひとつもない。ぽつんとたたずむ集会所の窓からもれる暖炉の明かりが村を照らすだけだ。疲れきった村人たちはすでに眠りにつき、集会所に残された戦士たちは十分な食事のあと、ただひとつ燃えている暖炉を囲んですわった。彼らはぱちぱちと音をたてて踊る炎を見つめた。薪が内側から赤く輝き、やがてひびが入り、崩れていく。炎はその手が届く範囲に惜しみなく温(ぬく)もりを与えていた。

「わたしは演説をぶつタイプではけっしてないが……われわれは骨の髄まで試されるような事態の入口に立たされている」

タイタスはそう言うと、戦士たちの顔をひとりひとり見た。

「われわれはそれぞれ自分の使命を理解している。こうして集まってもらったのは、自分がどのような敵を相手にしているかを知ってもらいたいからだ。全員がその事実を共有する必要がある。……まずは、わたしから始めよう。サラウの話だ。あそこはとても美しい場所だった。わたしは軍服を脱ぎ捨てて豊かな森の中へと姿を消し、そのまま土地の人びとともに暮らすことを夢見ていた。だが、そうはいかなかった」

サラウの空には、赤く血走った油断のない目のような三つの太陽が低くぶら下がっていた。太陽はその涙を地平線にこぼすかのように沈み、あたりに不吉な輝きを与えていく。上空に浮かぶ戦艦内で、指揮官であるタイタス将軍はホログラム通信装置の前に立ち、バリサリウスからの指示を待っていた。サラウの人びとがレルムからの独立を求めて投票をおこなったことは、つい先ほど知らされた。交戦することなくレルムの存在を知らしめよと命じられて派遣された理由がこれではっきりした。ところが、サラウの人びとはこぞって賛成票を投じることで自由への渇望と勇気を示した。投票結果を知り、タイタスは神経をとがらせた。

戦争の報いは平和である。なぜなら平和は戦争で買えないから。あとに残るのは死体ばかり。死体はどのような形にしろ創造も貢献もできない。それが、悲鳴と迫撃砲で明け暮れるうんざりするような日夜を通じて、彼らが学んだことだ。世界が異なろうと、クソであることに変わりはない。タイタスは沸騰するような反発を覚えた。マザーワールドに対する愛国心も、連中の傲慢さも、際限のない強欲もクソ食らえだ。

背信を知られたタイタス将軍の戦艦は、味方艦隊による一斉砲撃で撃墜させられた。電撃戦が終了すると、インペリアムは生き延びたタイタスを捕獲するために全連隊を投入した。タイタスと彼の部隊は弾薬がつきるまで戦ったが、インペリアムは所詮かなう相手ではなかった。

戦闘に疲れ果て、血だらけになったタイタスは、地上で追いつめられ、とうとう両手を挙げて降伏を示した。

大地は焼き払われてすっかり荒れ果て、地平線ではタイタスがかつて指揮していた戦艦の残骸が煙

を上げていた。生きているものはなく、そこにはただ腐敗と灰燼しかない。鳥たちの代わりに降下艇が平原を飛び交い、火器によって地表をあばた状に変えていく。タイタス将軍はインペリアム兵に何挺もの銃を背中に突きつけられ、足もとの骨や木の枝を踏み砕きながら歩かされた。生き残ったのは自分だけなのか。そう思いながら頭上の巨大戦艦を見やった彼の心は、もはや銃殺隊によってハチの巣にされたも同然だった。

　地上ではさらなる戦慄が彼を待っていた。彼の部隊の残党たちが両手を後ろで縛られ、ひざまずかされていた。黒い頭巾をかぶせられ、その表面には大きく見開かれたひとつ目とそこからこぼれるひと粒の涙が描かれている。口のあたりの布がふくらんではしぼむ様子から、彼らの荒い息づかいが見て取れた。タイタスは部下たちの恐怖を感じ取った。自分が彼らの隣にいられないことが心底残念だった。頭上の巨大戦艦で最終兵器が発射され、タイタスの目前で部下たちに命中した。

「よせ……」彼のつぶやきは叫び声に変わった。部下たちの身体は吹き飛ばされ、細切れの肉塊と化した。血は乾燥した土壌にしみこんだ。タイタスの悲嘆は腹の底から湧き上がり、それが両手のこぶしへと伝わっていった。口から絶望と憎悪の絶叫がほとばしった。自分がこれまで軍に捧げてきたものはなんだったのか。残っているありったけの力をこめ、彼は手首のいましめを引きちぎった。

　タイタスは振り向きざま、最寄りの兵士を地面にたたき伏せた。ほかの兵士たちが反応する間もなく、武器を奪う。彼の雄叫びはインペリアム兵をなぎ倒していく連射音にもかき消されなかった。弾薬が切れるまで撃ちまくると、彼は胸を大きく上下させながら部下のために泣き叫び、涙が汗と混じりながら顔をつたった。タイタスは死んだ者を振り返らずにおいた。彼らが死んだ瞬間の光景はすでに、一生消えないほど強く脳裏に焼きついていた。彼は持てるだけの銃器を拾い上げて走りだした。このときから彼は永遠のお尋ね者となったのだ。

タイタスが話し終えたとき、集会所内で聞こえるのは暖炉で薪がはぜる音だけだった。炎に照らされ、彼の瞳が輝いていた。

「けっして繰り返すまい。わたしは二度と降伏などしない。今夜、どうかそのことを知っておいてくれ。明日、わたしにしたがうことを選択する前に」

彼の言葉に戦士たちはうなずいた。

部屋が静寂に包まれる中、ミリウスが立ち上がった。

「タイタス、何もかも話してくれてありがとう。あんたを尊敬するよ。おれは今度みたいな戦闘に参加したことがない。育った故郷はこの村とよく似た場所で、ミーダイって呼ばれてた。子どものころ、土地は食べものを育てる場所じゃなくて部族そのものを育てる場所だと教わった」

そこでミリウスは短い間をおいた。

「故郷の空に艦隊があらわれたとき、おれは部族の長老たちがどう対応するか期待の目で見てた……長老たちはレルムの力を前にして縮み上がってたよ。怖くて戦えないから、連中に言われるままに何もかも差し出した。『マザーワールドの兵力に対して自分たちに何ができる?』って言いながら。艦隊が来たとき、もう子どもでいられる余裕はなくなったんだ。そして、おれも大切な人たちが死んでいくのを見た」

ミーダイの山岳地帯はいつも朝霧におおわれ、それがもたらす新鮮で柔らかな露と昼間の湿気と暖かさによって肥沃(ひよく)な土地が作られた。住民たちは山腹の急斜面で早朝から農作業に精を出し、何世代もかかって完成されたリズムで大鎌を振りながら穀物を刈り取っていった。

巨大戦艦は上空に点在する雲と雲のあいだから突如として姿をあらわした。十七歳のミリウスは村のみんなと作業していたが、戦艦の格納庫から数隻の降下艇が発進するのを見て手を止めた。村の近くには、祖先の姿をした巨大な石像が円状に並んでそびえ立っているが、村人の誰ひとり反応する間もなく、上空からの攻撃で徹底的に破壊された。岩のかたまりが空中にばらまかれ、畑やそこで働く人びとの上に降り注いできた。

村人たちは恐怖の顔を見合わせるなり畑を放棄し、降下艇が着陸した村の中央広場へと向かった。ミリウスも一刻も早く父親に会いたいと思いながら、群衆のあとについていった。降下艇はまるで村人たちを一箇所に集めようとするかのように、人びとを追い立てて飛んでいる。その先は村の広場だ。混乱が静まり、村人のほとんどが広場に集まったころ、艦隊の提督が村長と六つの部族の長老たちと並んで立った。緊張した面持(おもも)ちの村長が、おびえている村人たちに告げた。

「部族評議会はマザーワールドからやってきた代表団と会談した。こちらはヴルスト提督だ。ここにいる者たちはひとまずみな仕事に戻ってくれ。明日また夜明けとともにここに集まってほしい。この命令にそむいた者には厳しい処分が科せられることになる」

ヴルスト提督は容貌も体重も飢えた灰色山グマのようだった。彼が村の子どもや女たちに注ぐ視線には下心がありありと見え、ミリウスは吐き気を覚えた。親友のヘナがミリウスの耳元でささやいた。「侵略者が来てるのに、どうやったら何ごともなかったみたいに仕事ができるの？　彼らは何をするつもりかしら？」

ミリウスは首を横に振った。「わたしたちは言われたとおりにすればいい。何をすべきか、評議会が知ってるよ。たぶん、彼らは話がまとまったら帰るんじゃないかな」

ヘナは同年代の仲間たちが指示どおりに山の斜面の畑に戻っていく様子を見た。彼女はミリウスに近づいて声をひそめた。「何が起きてるか知りたい。部族ホールの裏に行って盗み聞きしようよ」

ヘナがすばやく歩きだし、ミリウスもあわててついていった。ヴルスト提督が降下艇に戻り、長老たちが一団となってホールに向かうのが見えた。ほかの村人たちは通常の仕事に戻るふりをしているが、ホールや長老の近くをうろついて何か情報を得ようとしているのは明らかだった。

ヘナとミリウスはホールに併設された収納室に入って奥まで行った。ホールと扉で隔てられているが、扉がさほど厚くないため向こう側の声がはっきり聞こえる。ミリウスが扉をわずかに開けてみると、部族の長老たちがまるで子どものようにテーブルを囲んでいた。

「これはまずい事態よ。彼らが石像サークルに対してやったことを見て。なんでも好き勝手に奪われてたまるものですか。彼らがこれで満足するわけないわ」評議会の女性が言った。

村長がかぶりを振った。「この際、彼らが正当な理由もなしにやった点を考えるべきだ。われわれは絶対に協力したほうがいい。抵抗して何になる？　死者が出て、農地をめちゃくちゃにされるだけだ。生き延びたところで餓死するか、この地を離れるしかない。こちらにはあの艦隊を倒すすべがないんだ。彼らにはこちらを数十人単位で殺害できる武器がある。われわれは戦わない」

「では、子どもたちを生け贄として差し出すの？　子どもの血で代償を払う……あなたはそれでもいいの？」

六人の長老たちがいっせいにつぶやきを交わした。村長は評議会の女性をまっすぐ見ることもできずに答えた。「それが必要とあらばしかたない。残りの者は同意するか？」

女性が鋭い視線を向けると、長老たちが目をそらした。彼らはひとりずつ順番に「賛成」と告げていった。

「わたしが提督に直接伝えよう。村人には明日、新たな日程を公表する。各家庭の長子は全員この地を離れることになるだろう」村長が言った。

評議会の女性が床に唾を吐いた。

「臆病者。どうせあなたたちは全員死ぬわ。みんなそうなるのよ」

ミリウスはたった今耳にしたことが信じられなかった。隣のヘナを見やると、彼女は嫌悪の表情を浮かべながら涙を流している。

「わたしたちは戦わなきゃ！」そう言うとヘナは、ミリウスが制止する間もなく収納室を飛び出していった。ホールを回りこんだ正面入口で、彼女は村長に追いついた。「そんなのだめ！　みんなで戦うべきよ。わたしはあなたの勝手でヤギみたいに売られる気はない！　わたしたちがどこに連れていかれるかも知らないでしょ？」

村長が足を止めた。「家に帰って、残された時間を家族とすごすんだ。問題を起こしたら、みんなが迷惑するだけだぞ」

「嫌よ！」

ヘナが叫んだとき、評議会の女性が近づいてきた。「この人たちが戦わないなら、ほかの者たちでやるだけよ」

ミリウスは彼らの会話にショックを受け、どうすればよいかわからずに立ちつくしていた。あたりにはインペリアムの兵士たちが武器を手に歩き回り、あらゆることに目を配っている。そのとき、提督が降下艇から降りて彼らのほうにやってくるのが見えた。

「ヘナ、行かなきゃ」

ヘナが首を横に振る。「わたしは彼女といっしょに行く」

ミリウスが彼女を止めようと口を開きかけたとき、「ミリウス」と呼ぶ声が聞こえた。振り向くと、母親がいた。その目は今まで泣いていたかのように赤かった。「お願いだから、家に戻っておいで。兵隊だらけの場所をうろうろしてほしくないんだよ」ミリウスがヘナに目を戻したとき、母親がふたたび「ミリウス」と呼んだ。

ヘナがミリウスに近づいた。「行って。連絡は絶やさないから」

ミリウスは身を引き裂かれる思いだったが、親友に笑みを向けた。ヘナも朝になったらきっと家に戻るだろうと信じていた。

「わかった。また会おう」

あくる朝は小雨が降り、山には濃霧が立ちこめた。村長から知らせを聞こうと困惑顔で集まった村人たちは、霧のせいでいっそう陰鬱な気分になっていた。彼らの前に立った村長は、前日よりも十歳は老けて見えた。昨夜は一睡もしなかったようだ。まなざしは疲労の色が濃く、同様に声も疲れ果てていた。

「評議会はレルムにパートナーとして協力することを決定した。われわれの労働力、農産物、そして忠誠の誓いと引き替えに、レルムは領地に暮らすすべての善良な住人たちに惜しみない保護を与えてくれる」

彼はそこで唇をすぼめた。次の言葉がもれるのを止められでもするかのように。

「そして、各家庭は長子を送り出さねばならない。レルムはほかの惑星で仕事をになう若い力を必要としている」

そこかしこで息を呑む声と悲鳴が聞こえた。ミリウスは動揺し、父親のほうを見た。

ヴルスト提督が進み出た。「そのような反応が出ることは百も承知だ。そこで、協力を拒む〝パートナー〟に何が起こるかを見せてやろう……」

提督が振り返ってうなずくと、一名の兵士が隊列を離れ、降下艇から長老のひとりを連れ出してきた。長老の顔にひどく殴られたあとがあるのを見て、村人たちはさらに息を呑んだ。降下艇が離昇すると、そこには手綱でつながれた四頭の大型動物がいた。動物たちは人びとのざわめきに驚いたように蹄で土を蹴った。通常はその強靭な足腰の力で石切場の石を運搬するのに使用される動物で、背に乗ることもできるが走るのはさほど速くない。

長老は動物たちに囲まれる位置まで歩かされた。兵士たちが彼の足首と手首にそれぞれ一本ずつロープを縛りつけていく。長老の頬には涙がつたったが、何も言おうとしない。村長は恐ろしい仕打ちに目を向けまいとしている。ヴルスト提督が動物に近づいて長いたてがみをなでるあいだ、兵士がライフルの銃床で長老を突き飛ばして地面に横たわらせた。ロープが動物につながれて長老の両手足が大きく広げられたとき、ヴルストが動物を次々に引っぱたいて走らせた。

一瞬にして長老の四肢が胴体から引きちぎられた。小雨が本格的な雨に変わり、長老からあふれ出た血が事態の推移を見守っていた村人たちの足もとに押し流されていく。ヴルスト提督がふたたび彼らのほうを向いた。

「正午までに各家の最年長の子どもはここに集まるように。インペリアムはレルムがさらに偉大となって拡大を続けるよう、きみたちに安定した仕事を用意している」

ミリウスは父親に抱きついた。「また会えるよ、父さん。約束する」

「守れない約束はするな。さあ、帰って最後の食卓をいっしょに囲もう」

ヘナがミリウスと父親のそばにやってきた。

「こんなときによく食事なんかできるわ。評議会が何もしないなら、わたしたちが何かしないと。あの人たちは自分の命惜しさにわたしたちを犠牲にしてるのよ。わたしたちは戦うべきよ」

ミリウスの父親が提督と村長のほうに目を走らせた。村長がこちらを見ていた。「声を落とすんだ、ヘナ。事態を悪化させるだけだぞ」

「かまわないわ！　もういい、ほかの人に頼むから」

ヘナが歩きだしたので、ミリウスは追いかけようと足を踏み出したが、腕を父親につかまれた。

「行かせればいい。戦っても、何も生まれないんだ」

ミリウスが見ていると、歩いていくヘナをヴルスト提督が目で追っていた。父親が腕をぎゅっと握ってくる。

「頼むから……残された時間はもう少ないんだ」

ミリウスは振り返った。父親の年老いた目には懇願があった。こんな形のまま別れることはできなかった。

次の日、村の広場で悲鳴と叫び声が上がった。ミリウスは出発の支度をしていた。ヘナが会いに来てくれることを期待していたが、とうとうあらわれなかった。村には厳重な夜間外出禁止令が敷かれていた。

父親が台所に飛びこんできた。「早くインペリアムの船に乗りこむんだ」

「どうして？」

「いいから、早く！」父親が大きな声で言った。

家の外からは今も騒ぎが聞こえる。ミリウスは父親の横をすり抜けて外に走り出てみた。中央広場に向かったところで思わず立ちすくんだ。ヘナが地面にひざまずき、ほかの村人たちといっしょに殴られ、あざだらけになっていた。近くには頭を撃ち抜かれた死体がいくつか横たわっている。ミリウスはあと先も考えずに叫び声を上げた。

たちまち兵士が飛んできて、ミリウスの背中を銃床で殴りつけた。「おまえは家の長子か？」

「そうだ！」追ってきたミリウスの父親が叫んだ。

兵士がミリウスをつかみ、降下艇のほうへ押しやった。乗降扉が開いており、その前には乗船を待つ村の若者たちの列ができていた。ミリウスは涙をこぼした。勇敢な親友ヘナや父親のほうを振り返る勇気はなかった。父親はよかれと思ったのだろうが、こんな終わり方はありえない。それまで聞こえていた村の雑踏の音が奇妙にひずみ、意味をなさなくなった。意味をなすものなどひとつもない。まるで悪夢が実体化したようだった。

ミリウスは朦朧とし、感覚をなくしたまま降下艇に乗りこんだ。見知らぬ土地に連れていかれ、レルムがさらなる富を作るための手伝いをさせられるのだ。虚弱や病気や老齢で働けない者たちは村の中で容赦なく殺され、遺体は共同墓地に新たに掘られた溝まで引きずられていった。

強制労働キャンプで突きつけられた新しい生活の現実は、動物に八つ裂きにされるよりもずっとひどいものだった。ミリウスは二十歳になるまで採掘場で働かされた。暑さの中でごついガスマスクを長時間着用しなくてはならず、顔が深い切り傷と痛みをともなう発疹だらけになった。生産ノルマを達成できない者は、ミーダイを出発する前と同様に排除された。

ミリウスは単にインペリアムのために労働する肉体と化した。たとえ死んでも、誰も気にとめないだろう。ミリウスはヘナに思いをはせた。自分の信じることのために立ち上がり、死んでいった彼女の勇気について考えた。おそらくその最期は、異国の地で血痰を吐いたり過労で死ぬよりはずっとましだろう。強制労働キャンプで人生の三年間を奪われたあと、すべてを変えたのは一発のダイナマイトだった。ダイナマイトによってミリウスはただひとつの目標を定め、決意を燃やしたのだ。

作業場で爆発が起こったとき、ミリウスは近くの作業員たちとともに爆風で投げ飛ばされた。叫び声や銃声がとどろいたが、破壊された岩から発生した粉塵（ふんじん）のせいであたりは何も見えなくなった。ミリウスはホバートラックに積まれた手押し車の背後に飛びこんで隠れたあと、状況を把握しようと坑道の入口に向かって全力で走りながら、マスクをはぎ取った。その瞬間、死ぬ危険などどうでもよかった。もはや死んでいるも同然の人生なのだから。粉塵がおさまってくると、インペリアムの制服を着ていない複数の男女が兵士たちを襲っているのが見えた。謎の襲撃者集団は労働者たちには目もくれない。彼らはいかにも凶暴だったが、その目には痛みが垣間見えた。

　ミリウスの胸に希望と痛みが湧き上がった。今まで心に抱いてきた復讐（ふくしゅう）心が、このインペリアムの暗い墓所において、予想もしない戦士の姿となって出現したのだと思った。インペリアムの兵士たちはひとり残らず殺害された。襲撃者集団の中央にリーダーらしき男が立っていた。男は二本の指を胸に当てると、ミリウスに目をとめてから、茫然（ぼうぜん）とする採掘労働者たちを見回した。

「あんたらは自由の身だ。おれらはあんたらの脱出に手を貸す。今日のことを……反乱のことを、ほかのみんなにも伝えてくれ」ミリウスがじっと見つめていると、男がふたたび視線を合わせ、近づいてきて手を差し出した。「名前はなんだ？　どこから連れてこられた？」

　ミリウスは彼の手をつかんで立ち上がった。「ミリウス。ミーダイというところから来た」

「おれはシャスのダリアン・ブラッドアックスだ。その場所のことなら聞いてる。あそこに戻るのは勧めない」

　ミリウスはうなずいた。家族や残してきた者たちの運命を思うと胸が苦しくなった。だが、家族の不幸もへナの死も無駄にしてはならない。ミリウスの肉体にはまだ力があり、口の中の苦みは増すばかりだ。

「だったら、わたしもいっしょに戦わせてほしい。失うものはもう何もないんだ」

ブラッドアックスがじっと見つめてくる。そこへ、長身でたくましい彼によく似た女性が近づいてきた。顔だちが美しく、全身を戦闘装備で固めている。

「ダリアン、こっちにも何人か犠牲が出たけど、この戦いは勝利に終わった。あたしは降下艇の近くで待機して、捕らわれてた人たちがこの場所を引き継いだり脱出するのに手を貸してる。ここが終わったら、合流しよう」

「わかった、デヴラ」

ミリウスは手の甲で顔をこすり、ダリアンに言った。「人数が減ったみたいだね」

「そうだな。おまえは何か武器を使えるか？」

「使えない。けど、覚えるのは早いよ。お願いだから、いっしょに連れてって」

「いいだろう。ただし、おまえはおれのために働くんじゃない。おれらはひとつ、家族なんだ。誰かひとりがほかより偉いわけじゃない」

ミリウスはガスマスクを足もとに投げ捨てると、彼のあとについて採掘場からブラッドアックスの宇宙船に向かった。船に乗りこむと、訓練に適した服を与えられた。ミリウスはインペリアムから支給された野暮ったい作業着を脱ぎ捨てたが、それだけでは足りなかった。新たなスタートを切りたかった。そこでカミソリを頭皮に当てると、肩まであった髪を長さ一センチほどだけ残してばっさり切り落とした。たちまち自由を感じ、宇宙が自分に用意している未来に向かう準備が整った気がした。今やミリウスは自分に未来があると感じていた。少なくともそれは、いつかミーダイとヘナにとって意味のある結果を迎える未来だろう。

ミリウスは話を終えると、腰を下ろした。

「おれのいた強制労働キャンプはレジスタンスに解放された。そして、おれは新しい家族を見つけ、家族はおれに新たな道を示してくれた。運命の日が来たら、おれはこの村を守るために必要とあれば命を捧げる。なぜなら、おれ自身の村はもう守るチャンスがないから。ここの人たちのために立ち上がり、命を差し出す……だって、ヴェルトの人たちはおれが故郷の人たちに望んだ勇気を見せてくれたから」

ほかの戦士たちが黙ってうなずきを返す。

「ミーダイの人たちには、自分の立場を決めるべきときを知る強さを持っててほしかった。いつ命を犠牲にするかじゃなくて、いつ助けを求めるかを知る強さを持っててほしかった。故郷のために立ち上がって、故郷のために死ぬ強さを……それ以上の名誉な最期をどうやったら望める？ ヘナとほんのひと握りの人たちは努力したけど、それじゃ足りなかった。もっとたくさんの人がそれを信じて、力を合わせるべきだった。おれの父さんは、生きてたらハーゲンぐらいの年なんだ」

タラクがミリウスの肩に手を置いた。

ふたたび部屋を満たした静寂は、次の話し手を探しているようだった。ずっと沈黙していたネメシスが口を開いた。

「わたしにも人生があった……こうして剣の道を選ぶ前のこと……もうずっと昔に思える。あれは、とてもすてきな日のことだった。太陽は暖かく、子どもたちは父親といっしょにいた……わたしたち家族が暮らしていたのは小さな漁村だった」

彼女の金属の両手が左右の腰に帯びた剣に引き寄せられていく。ネメシスは目を閉じて剣のエネルギーを感じながら、インペリアムが彼女の生活に踏みこんできて人生を永遠に変えてしまった日のことを思い起こした。


ビョルは海辺の村で、村人たちは日々の暮らしや交易に必要なものを豊かな海から得ていた。一年を通じて心地よい海風が吹き、魚や海草を干すのにもってこいだった。いかにも平和な土地だが、昔からずっとそうだったわけではない。ネメシスの遠い先祖は戦(いくさ)に明け暮れていた。とはいえ、ネメシスの心に誰かの命を奪うという考えが浮かんだことは一度もなかった。そのような必要はまったくなかった。

ネメシスは夫のミンと子どもたちを舟に乗せて葦(あし)ウナギの漁場に送り出すと、荷馬車で木彫りの像を売りに行った。手作りの工芸品を売るには隣村まで行かねばならない。商売を終えて帰途に就くころにはもう日が暮れかけていた。荷馬車に揺られていると、遠くでかすかに物音が聞こえたが、なんの音か見当がつかなかった。雲が厚くなり闇も迫ってきている。とにかく早く家族のもとに帰らねばならない。

村はずれに近づいたとき、あたりが炎に照らされているのに気づき、にわかに恐怖心が湧き上がってきた。何かの肉や木材が焼け焦げるにおいが鼻をつき、胃がぎゅっと締めつけられた。村に続く道は破壊され、瓦礫が散乱していて通ることができない。彼女は荷馬車から飛び降りて走りだした。ほどなく煙のために息もできないほど咳きこんでしまい、やむなく立ち止まった。周囲を見回すと、村は壊滅状態だった。地面のそこかしこに死体が転がっている。藻の大発生で大量死した魚のようだった。家という家は壊されていた。舟や漁具はそのまま残されているので、略奪を目的とした襲撃とは思えない。これは虐殺のための虐殺、もしくは彼女の知らない理由によるなんらかの報復だ。

戦争は過去のもので、人びとはそんな生き方を克服したはずだった。ところが今、戦争がいわれもなく人びとの頭に降りかかってきた。村は墓場と化してしまっていた。ネメシスは激しく動揺した。家族はどこだろう。彼女は入り江へと走った。おそらくミンと子どもたちは水辺に隠れ、兵士たちが海から遠ざかって安全になるのを待っているのではないか。

一番の隠れ場所はいくつもある舟小屋のどれかだろう。だが、その方向から火の手が上がっているのが見えた。兵士たちが脱出経路をすべてふさぐために舟小屋に火を放ったにちがいない。彼女は人目を避けて森に入った。奥へ奥へと進んでいくと、小さな滝口のそばにひっそりとたたずむ村廟の前に出た。廟には悪鬼の石像があり、長い舌を腹まで垂らしながら、二本の長剣を宙にかかげている。その目は暗く虚ろな穴で、苔とツタにおおわれた祭壇を鉤爪の足で踏みつけていた。これまで長いあいだ忘れ去られていた時代の遺物だ。ネメシスは悪鬼の恐ろしい顔と剣に手を触れてみた。夫が子どもたちを守ってくれていることを願うほかないが、舟には魚の内臓を取り出すための道具以外に武器になりそうなものはない。たとえ武器があったとしても、ミンは兵士ではない。漁師は戦争と無縁なのだ。この村は漁師たちのものであって、大きな銛（もり）や魚鉤を使うクジラ捕りのものではない。ネメシスは滝のしぶきで濡（ぬ）れた廟の裏手にひざまずいて祈りを捧げた。遠い空に煙が立ちのぼっていた。

ネメシスは隠れ場所から静かに移動した。爆発の音も人の声も聞こえない。空は今も火災の炎で明るく照らされている。ふたたび入り江を目指して足を速めた。葦ウナギの最高の漁場に持ち舟をもやってあるはずだ。

彼女は鼓動が速まるのを感じながら水に入り、葦を押しのけながら進んでいった。すぐ前方に転覆して浮いている舟が見えた。急いで近づき、舟をおもてに返した。誰もいない。彼女は腰までつかった水の中をさらに前進した。海面を見ると、こぶのようなものが三つ、浮き沈みしている。彼女は手足で懸命に水をかき分け、服を背後になびかせながら近づいた。ひっくり返して顔を見るまでもなく、自分の娘の遺体だとわかった。遺体は見覚えのある首飾りをしていた。暗闇の中だから見まちがいかもしれないと、一瞬、彼女は自分をごまかした。

腕をつかんで引き寄せてみると、疑いもなくわが娘だった。ネメシスは遺体をきつく抱きしめ、全身が震えるほど慟哭（どうこく）した。悲嘆と苦痛に身が引き裂かれるようだった。小さな身体を抱きしめているあいだ、ほかのことはもうどうでもよかった。娘の頭部には一発の銃弾が貫通していた。彼女は娘を抱えつつ、ほかの二体の遺体をつかんだ。息子たちだった。三人は彼女にとって、まさか授かろうとは思えなかったほど奇跡の子たちだった。そんな子たちを、あの無情な怪物どもは母親から奪ったの

だ。
　ネメシスは暗い海の中でミンを探したが、影も形も見えなかった。彼女は三人の子を水の中から岸に引きずり上げた。岸の土は軟らかかった。子どもたちを全員家まで運ぶことはできないので、ここを三人の永眠の地とするしかない。掘るのに適した場所を探すうちに、捨てられたシャベルを見つけた。シャベルと素手で、子どもたちにふさわしい墓を掘らねば。せめてそれぐらいしてやらないと。彼女は一本の木の根方に近い場所に定めて掘った。次第に腕が痛くなってきたが歯を食いしばり、うめき声をもらしながら砂まじりの土に爪を立て続ける。地中に隠れていた石で手を切ってしまい、血が出た。インペリアムのやつらにも血を流させてやりたい、そう思いながら、より深い部分の砂土を懸命にかき出す。インペリアムに味方するすべての人間と生きものに苦痛を与えたかった。
　激情によってほとばしる涙で目がしみた。穴が十分な広さになったので、彼女は地面によじ登り、子どもたちを見下ろして立った。これが最後の別れだ。彼女は膝をつき、娘から首飾りをはずした。乾燥させた細い葦の葉で編んだ紐に結ばれたペンダントヘッドは翡翠と黒曜石を彫ったもので、形がオラクル鋼の剣に似ている。それを自分の首にさげると、彼女はすすり泣いた。ひとりひとりの服から細い布の切れ端を破り取ったあと、子どもたちの遺体を丁寧に墓の中に下ろした。
　三人はたがいにさほど間をおかずにこの世に生を受けた。きっと永遠にいっしょにいることだろう。あの世でも春の雨のように笑い合い、子ガメのように喧嘩し合うにちがいない。彼女は子どもたちの頬にそっと口づけると、墓に砂土を埋め戻した。見つけてきた棒で三つの墓標を立て、服の切れ端をそれぞれに結びつけておく。黒ずんだ地面を最後にもう一度見つめてから、彼女はその場をあとにした。

茫然とし、足を引きずるようにして村に戻る。兵士に見つかろうが、かまいはしない。生きる目的がどこにあるというのか。もはや村は廃墟（はいきょ）だった。家という家は倒壊し、いたるところに死体が転がり、炎がいまだ燃えさかっている。村の人たちはもはや存在しない。自分の家にたどり着いてみると、そこも被害をまぬがれていなかった。だが、彼女のほかにもこの世に残ったものがあった。それは彼女が生まれながらに与えられた、力強い先祖からの贈りもの。表面に海の波と悪鬼の描かれた、細長い木箱だ。

ネメシスは箱を開け、大きく息を吸いこんだ。骨盤の底から熱が発し、それが頬にまで広がっていく。昔から知っている感覚と切迫感とによって、先ほどまでの悲しみも見る間に追い払われてしまう。箱にはオラクル鋼で作られた同じ形状の長剣が二本、そして左右ひと組の金属の手が収納されていた。それらは冷えきっているにもかかわらず、過去の記憶とともにかすかに振動している。彼女は自分がすべきことを承知していた。悪鬼が求めるやり方を。彼女はこれまで誰かに血を流させたことがなかったが、今は自分自身の血を流さねばならない。目の前にある金属の手には先祖の血に飢えた魂が宿っているからだ。箱から一本の剣を持ち上げると、彼女は目を閉じた。ゆっくりと呼吸しながら、遠くの風や水の音に意識を集中させる。まるで過去の亡霊が彼女を導くためにやってきた合図であるかのように、垂木に吊（つ）り下がった風鈴が軽やかに鳴った。

彼女は剣を振りかざすと目を開け、自分の左腕をひじの直下から斬り落とした。腕の切り口から血しぶきが細い流れになって飛び散る。彼女は歯を食いしばって悲鳴を噛（か）み殺した。震える右手で握っ

た剣を置くと、箱から金属の左手を取り出す。それを左腕にあてがったとたん、金属に生命が宿ったかのように四本の赤いネジがねじこまれ、切断面にぴったりと装着された。切断面は永遠にこのまま保たれるだろう。

自分の腕から隔絶されているのに、金属の指を自由に曲げられる。彼女の血が金属の手を覚醒させたのだ。これが彼女の新しい肉体だった。金属の左手で箱から剣をつかみ上げると、迷うことなく右腕も切断した。驚いたことに、さほど痛みはなかった。金属の表面が一時的に痛みをさえぎり、無感覚になっていた。彼女は剣を下ろし、もう片方の金属の手を右腕の先に取りつけた。やはり左手と同じように生体組織と一体化した。大きく広げた五本の指が月の光を受けて輝いた。

ネメシスは斬り落とされて転がっている二本の前腕を見下ろした。とてもか細く、よそよそしく見える。あまりに弱々しく、今からこの新しい手と剣でやろうとしていることなど、とうていできそうにない。彼女は二本の剣をつかみ上げた。金属と金属が磁石のように引き合う。ネメシスは立ち上がり、今も煙の上がっている入り江のほうを見やった。まだ連中に見つかっていない場所があるはずだ。そこで今後の旅暮らしで必要なものを集めることができるだろう。だが、疲労で筋肉が重く感じられ、頭にもやがかかったようで理路整然と思考できない。いったん廟に戻り、そこで眠ることにした。もう誰もいないだろうと予想して村の中を歩いていったが、その予想ははずれた。

「そこのおまえ！」

目を上げると、ひとりの兵士が近づいてくるのが見えた。彼女は兵士を無視して歩き続けた。兵士が銃をかまえ、引き金を引いた。とっさに右の剣を振り上げると、銃弾を弾き返していた。彼女は驚嘆してオラクル鋼を見た。まるで剣が彼女の腕を導いたかのようだった。その逆ではない。新しい金属の手がエネルギーの高まりでうずいている。憤怒が指先から肩に伝わっていく。兵士がもう一発撃った。ネメシスはふたたび剣で銃弾をそらすと、戦い方も知らぬまま兵士に突進した。先祖たちの血と鋼（はがね）に導かれていた。

太古の筋肉の記憶が兵士の右腕を切り裂いた。彼が悲鳴を上げ、銃をつかんだまま地面に倒れた。ネメシスは左右の剣を振りかざし、ふたつの刃で首をはねた。頭部が横に転がり、胴体の切り口から血があふれ出た。それを見ても、良心の呵責（かしゃく）など微塵（みじん）も感じなかった。子どもたちと行方知れずの夫を殺害したのは、この兵士かもしれないのだ。彼女の剣で血祭りに上げられてもしかたのないクズだ。かかげた二本の剣は赤く光っていた。

ネメシスは金属の手を剣の柄（つか）にかけたまま話を終えた。

「見捨てられ風雨にさらされた廟に植物が自由に生い茂っていくように、わたしの痛みは怒りへと変わり……怒りは復讐心になった。この剣は悲しみから抜け出すための道となり、二本の刃が弧を描くごとに無感覚に少しずつ耐えられるようになり、耳元でどす黒い言葉をささやき続けるあの日の恐怖が遠のいて感じられるようになった」

彼女は静かにまばたきをした。

「しかし、あの日以来、わたしは復讐に生きる者となった。彼らの心臓を真っ二つに裂くことこそが、わたしの目的。明日の日暮れには、その機会が訪れるだろう。かつてないほど多くの敵がわたしの前に立ちはだかる。彼らはすべて、わたしが地獄へ送るべき獲物だ。そう、わたしは確かに彼らを殺す。だが、それは復讐のためではない。この村の人たちのためだ。ヴェルトの人たちのおかげで、わたしはあの日以来初めて、生きることへの切なる思いを持つことができた」

暖炉でぱちぱちと音が鳴り、火が消えかけた。タラクが立ち上がって新たに薪を投げ入れると、火勢が持ち直した。もとの場所にすわった彼が話し始めた。

「おれたちは誰も両親を選べない。おれの親はたまたま王と王妃だった。王である父はただひとり、マザーワールドの軍隊に対して自分たちの条件を提示してみせた。やつらはその返答として父の遺体を送り返し、侵攻を通告してきた。そのとき、母はおれにこう言ったんだ。父親が死んだとき息子は一人前の男になり、王子は王になる、と。おれが泣いたのは、そのときが最後だ。まもなく、やつらの艦隊が空を暗く埋めつくすほどの大軍で押し寄せてきた。名誉のために、母は逃げ出さなかった。おれは王国にとどまって母を守りたかったが、王妃は血統と王位をどうやって守るかを知っていた。おれは惑星から密(ひそ)かに脱出させられた。近くで明るく輝く星に向かう避難船に身を隠して」

葬儀式典は何世紀にもわたって変わらず営まれてきた。どの王も先代の王と同じやり方で埋葬される。大聖堂を埋めつくした数百人の貴族や庶民は誰もが深い敬意を示し、その光景は亡くなった王がどれほど愛されていたかを物語っていた。聖歌隊が讃美歌を歌い、王室を讃(たた)え、祝福した。

タラクは父親の遺体が運ばれるのを見つめた。王衣をまとった遺体はベンヌの白い羽根でおおわれ、王立第一槍連隊の兵士たちの肩にかつがれてゆっくりと進んでいく。兵士たちが着用する革ベルトはベンヌの大きな浮き彫りで飾られていた。

タラクの隣で泣いている母親は、全身を黒い衣装で包み、黒いレースで顔をおおっている。彼女は祈りの言葉をつぶやいているが、その声ににじむ苦痛は、タラクにしか聞こえなかった。彼女は怒りを表出してはならない立場だが、レースで隠された目にあふれる思いは誰にもうかがい知れない。タラクも黒一色の服装に儀式用の黒いベンヌの羽根を着けていた。もはや王子ではなく、王になるべきときが来たのだ。大聖堂内の正面にある祭壇に遺体が到着すると、兵士たちが一糸乱れぬ動きで足を止めた。王妃が力なく手を伸ばし、夫の遺体に触れた。腰にずっしりと重い剣のように、タラクの悲しみは体内に深く沈みこんだ。彼は母親の手の隣に自分の手をそっと添えた。

「息子よ」母親の声はかすれていた。「父親が死んだとき息子は一人前の男になり、王子は……王になるのです」彼女はそう言って頭を下げた。

タラクは埋葬布をつかんでいた手をきつく握りしめた。父親はまだ生きているはずだった。父親は謀殺されたのだ。インペリアムの堕落した者たちの手によって。このサマンドライをこんなにも早く去ってしまうとは。

インペリアムは王国に一方的に要求を突きつけ、しかも対応や交渉の時間を与えようとしなかった。そのため王は立腹し、自分たちの言い分を述べて条件を提示するためにマザーワールドへ行くことを決めた。もちろん評議会はまっこうから反対し、王を行かせまいと説得にかかった。

「わたしは、この国や民のことを何も知らない強権政府に屈するために高位にあるのではない。われわれはもっと尊重されてしかるべきなのだ。自分たちの必要をないがしろにしてまでマザーワールドに仕えることはしない」

私室でタラクの父親がそう言うと、母親が目を丸くして声を高めた。「それを相手に伝えるのはあなたなのですか?」

王は王妃の手を取り、唇を寄せた。

「わたしは王だ。危機が迫ったときにはみずから身をさらすべき者なのだ。わたし自身が出向かねばならない。そのためにわたしは生まれ、王位に就いたのだから」

両親の話を聞きながら、タラクは黙ったままでいた。父親を説得しようとしても無駄だとわかっていたからだ。生きている父親を見たのは、それが最後だった。父親を乗せた宇宙船は自動誘導航法で帰還した。船内の床に横たわっていた父親は首に絞殺の痕跡があり、目が飛び出し、口からは歯が一本だけ失われていた。敵は王の死にざまを家族や評議会にまざまざと見せつけようと、あえて遺体を保存して送り返したのだ。彼の手には巻物が握られていた。インペリアムの侵攻はもはや避けられなかった。

タラクが祭壇の父親の遺体を見つめていると、王妃が振り返って耳元でささやいた。

「あなたはわたしたちの血統を継ぐ者。今やあなたが王です」

彼は母親を見返した。「何を言うんです?」

「何を言っているのか、あなたにはよくわかっているはず。わたしがすべて手配しますから、あなたはすぐに出発なさい。国葬が終わったら、王族の服を着用してはなりません。しかるべきときが来るまでは。さあ、すぐに支度を」

タラクはうなずき、母親のもとから離れた。頭の中は混乱していた。責務、名誉、服従、恐怖、逃走の心苦しさ……そうした思いのパズルだった。だが、彼はただひとりの継承者なのだ。王を埋葬したあとは戦争の準備が急務だったが、タラクは別の準備をした。国葬の翌朝、彼は平民の服装に身をやつした。

インペリアムが襲来し、上空からの爆撃が始まると、都市は大混乱におちいった。巨大戦艦が領空に侵入し、無数の降下艇が地上に向かい始めた。この攻撃が意味するのはただひとつ。殲滅だ。タラクは母親に別れを告げるため、王家の私室へと急いだ。母親はバルコニーに立っていた。じっと見下ろしているのは自分が心から愛した都市。最愛の夫とともに統治した都市だ。彼女はまだ葬礼用の正装のままだった。

「母上」

母親が振り返り、目に涙を浮かべてほほ笑んだ。そこには異様なほどの安らかさがあった。タラクがそばに近づこうと三歩進んだとき、母親はバルコニーから身を投げた。タラクには止める間もなかったが、たとえ制止できたとしても、母親は人生を終わらせる別の方法を見つけただろう。

彼女はインペリアムに生け捕りにされて辱められたり利用されたりすることだけは避けたかったのだ。連中のやり口は何度となく耳にして知っていた。彼女が生きていようがいまいが、彼女の知っている故郷は破壊されてしまう。タラクは上空の巨大戦艦の動きを目で追った。バルコニーの下から聞こえてきた恐怖の悲鳴がいつまでも耳にこだまし、憎しみ以外のすべての感情が彼の中からかき消された。彼は身をひるがえし、安全な場所まで密かに運んでくれる避難船に乗るために部屋をあとにし

た。この部屋には、彼に残されたものはひとつもなかった。

タラクは話を終えると、しばし口をつぐんで暖炉の炎を見やった。

「あの日、おれは母と故郷を失った。もう存在しない王国と血統を維持するという責務のために逃走した。民を守る機会は奪われてしまった。だが、それもここまでだ。この村を守る戦いが終わったら、おれはあの場所へ戻ろうと思う。置き忘れた名誉を償うために、故郷へ」

タラクがすわった。戦士たちの輪に沈黙が下り、やがてタイタスが身を乗り出すようにしてコラの顔を見つめた。

「コラ、きみの話はまだ聞いていないな。どんな過去を経験してきた？」

その声と表情から、以前に話した内容に彼が満足していないことを、コラは悟った。

「わたしは戦争孤児だった。軍隊に入ったら、その生活の規律がわたしの性には合ってた。そこでは〈王のまなざし〉（キングズゲイズ）によく似た戦艦に搭乗してた。家族を持ったことはない。自分では家族を見つけたと信じてたけど、そうじゃなかった。でも、ヴェルトに来てそれも変わったわ。この場所はわたしに、本当の故郷や家族がどんなものかを教えてくれた」

彼女は暖炉の火を一心に見つめたが、グンナーが向けてくる視線を感じ取っていた。彼は何も言わず、信頼を裏切らなかった。

「ふむ、そうか」タイタスがそう言って小さくほほ笑んだ。「ほかにつけ加えたいことはないか？」

コラは一瞬のためらいののちに彼の目を見返した。「ないわ」

グンナーが咳払いをして手を挙げた。タイタスが彼に立ち上がるよう手ぶりでうながした。

「みんな、ぼくの村に来てくれて、希望を与えてくれて、ありがとう」彼は誠意のこもった目でひとりひとりを見た。「明日が終わるころ、自分たちがどうなってるか、ぼくにはわからない。けど、きみたちみんなの過去の重荷が軽くなるよう祈ることだけはできるよ」

グンナーはコラをちらりと見てから目をそらした。コラは平静を装っていた。

「よし、それに乾杯しよう!」タイタスがフラスクを高くかかげ、ごくごくと飲んだ。

「湧き水の味はどう?」コラは思わず鋭い口調で言った。

タイタスは聞こえないふりをしたが、タラクが大きく反応した。「なんだって?」

コラは誰とも目を合わさずに告げた。「数日前から、タイタスは酒を飲むふりだけしてる。迫っている戦いを自分がどれだけ気にしてるか、わたしたちに悟られたくないから」

タラクが立ち上がってタイタスに歩み寄り、その手からフラスクを奪うと中身を勢いよく飲んだ。彼はフラスクを目の前にかかげた。「水だぞ、これ!」

タイタスが手を広げ、自分のフラスクを取り返した。コラのほうを見て、笑みを浮かべた。

「過去の話というのは、それをずっと長く抱えて生きてきた者にとって簡単に明かせるものではないかもしれんな……亡霊のようにまとわりついているから」

「あるいは悪鬼のように」ネメシスが言葉をはさんだ。

コラはうなずき、タイタスと視線を交わした。「ええ、簡単には明かせない」

そのとき、集会所にハーゲンが入ってきた。その顔には来たるべき戦闘に対する緊張がありありと浮かんでいた。「村の準備は整った」

タイタス将軍が立ち上がった。

「よし。向こうは穀物を受け取るために少数の兵員を地上に送ってくるだろうが、まずそいつらを撃破する。こちらの全戦力を地上に集中させ、この土地に足を踏み入れた者をひとり残らず、徹底的に排除するんだ」

「そのあと、どうする？　取引の交渉か？　連中は応じるだろうか？」ハーゲンがきいた。

「応じると思う。しかし、すべてがまずい方向に進む可能性もあるだろう」タイタスは答えてからコラを見た。「降下艇が現在も使用できる状態であるのを確認し、人目につかないよう隠したか？」

「これから隠しておく」コラは答えた。

インペリアム兵団の襲来に備えるため、戦士たちがみな立ち上がった。タラクがタイタスに近づいた。ふたりは絆（きずな）を深め、今ではたがいに友人とも言うべき関係になっていた。タラクが何よりも驚いたという様子で顔をしかめてみせた。

「水だって？　まさかタイタス将軍が？」

タイタスはタラクの胸をフラスクで軽くたたいた。

「それはきみの中にいるタイタス将軍だ……」

彼はフラスクを最後にもう一度見てから、集会所内のテーブルの上に置いた。今回の戦闘はこれまでに経験してきたどの戦いとも様相が異なる。ようやく彼はインペリアムと相対することができるのだ。おそらく連中は、真実と正義のために立ち上がったというだけの理由で彼の部下を皆殺しにした報いを、なんらかの形で受けることだろう。タイタスは笑うタラクをその場に残し、集会所をあとにした。

コラは降下艇を敵の目から隠すため、夜明けとともに行動を開始した。彼女は打ってつけの場所を知っていた。マーラ滝の裏にある洞窟だ。そこは実際に足を踏み入れた者しか存在を知らない。人目につかないほど離れてはいるが、すぐに村に戻れるほどには近いという利点がある。コラは降下艇で畑の上を飛び、目の前に広がる景色を見渡しながら、その美しさに胸が痛む思いだった。なんとしても作戦を成功させなくてはならない。彼女は奇跡が起こることを祈った。断崖の正面に接近したとき、降下艇の速度を落とす必要があった。山の雪解け水は盆地に新鮮な飲み水と肥沃な土地をもたらすと同時に、崖の縁をごうごうと流れ落ちるこの壮大な滝を作り出した。

コラは降下艇を制御して落下する水の膜を突っ切り、洞窟の口に入った。エンジンの周囲に霧状の水しぶきを渦巻かせながら機体を着地させる。降下艇を降りたコラは、滝の水と冷たい霧を透かして見える黄金の朝日に思わず息を呑んだ。

洞窟を立ち去ろうとしたとき、視界の隅に人影をとらえた。さっと振り向きざま、腰の銃に手をやる。滝の水の向こう側で人間、もしくは生物のシルエットが動いている。頭に大きな角が生え、マントらしきものを羽織っているようだ。手には長い杖(つえ)を持っていた。コラが一歩踏み出したとき、正体不明の相手が滝を回りこんできた。コラは自分の目を疑った。ジミーだ。外見がすっかり変わっている。彼女は全身の緊張を解き、銃から手を離した。

「こんにちは、ジェームズ」

ジミーが近づいてきた。「最後にわたしをその名で呼んだのは、機械ミリタリウムのかつての司令官でした。わたしの腕の中で亡くなるときに」

「ごめんなさい、思い出させてしまって。わたしたちは死に慣れてるはずだけど、なかなか容易じゃないわ」

「大丈夫です。わたしはその響きが気に入っています。それは絶望以外の何かを感じさせてくれますから。わたしは製造時に、けっして見ることのない世界の記憶を与えられています。忠誠心も与えられていますが、その相手である王にはもはや仕えることがかなわず、愛の感情も与えられながら、その対象たる幼子(おさなご)は救えませんでした。それでも、あなたが呼んでくれたその名前の響きは、わたしに自分の存在理由を感じさせてくれます。たとえほんの少しであっても」

「だから、サムを助けたの？」

「それはわたしにも判然としません。ただ、彼女が傷ついたり死ぬことを考えたとき、わたしの中でずっと閉じていた部分が開かれたことだけは確かです」

コラはジミーに近づき、彼が自身に加えた変化を見つめた。その姿の変わりようはどこか野性を感じさせた。

「あなたは味方する側を選んでいるのね、ジェームズ。あなたとわたしは似たもの同士。やつらのために人殺しをするよう作られた。やつらにとって最大の悪夢は、あなたやわたしが命令によってではなく愛する誰かを守るために戦うことよ」

　ジミーの目がわずかに明るく輝き、降下艇を見やってからコラに視線を戻した。「見てほしいものがあります」

　コラはジミーのあとについて洞窟から出た。数メートルも行かないうちに、彼女は手で鼻を押さえずにいられなくなった。なじみのある悪臭だった。ジミーが葉のついた大きな枯れ枝を蹴ってどかすと、その下からホークショーたちの死体があらわれた。死体の横には破壊された通信装置がある。コラはキャンプの跡とそこに散らばる機器の破片を見渡した。

「いつからこうなの？」

「昨日です。彼らはこの通信装置を使用していました。〈王のまなざし(キングズゲイズ)〉と交信していたのはまちがいありません。今や、向こうにすべて知られています」

　コラはうなずき、すでに膨張が始まっている三つの死体を見下ろした。

「ご承知でしょうが、あなたたちに勝ち目はありません」ジミーが告げた。

　コラはジミーに注意を戻した。「おそらくそうね。でも、少なくとも、わたしはこちら側で死ぬことができる。名誉のある側で」

「そのようなものがまだ残っていますか？」

　コラはジミーの顔をうかがった。人間らしく見えるものは目の位置にあるふたつの小さな光る穴だけだ。それ以外は表情のないプレートでしかない。だが、そこには無機物以上の何かがあった。彼の行為がそれを示している。外見の改造が何よりの証拠だ。

「あなたは何を感じてるの、ジェームズ？」彼女は光る目を見つめて問いかけた。

「とても多くのことを。何もかも新しく感じます」

彼女はしばらくジミーを見つめてから、通信装置を指さした。

「これを持って帰ってもいい？」

「もちろんです。どのような役に立つのかわかりませんが、どうぞ」

コラはホークショーのキャンプから袋を見つけ出し、その中に通信装置を入れた。

「そろそろ村に戻らないと。歩くには少し遠いから。あなたもいっしょに来る？」

「お誘いに感謝します。しかし、今のところ、わたしは陰にいるほうが最善をつくせると思います」

「わかった。また会いましょう、ジェームズ」コラはジミーに片手を差し出した。彼も手を伸ばし、握手に応えた。

コラは滝をあとにした。できるだけ早く村に帰らねばならない。空気がすがすがしく、太陽は暖かかった。ひとりきりだと考えをまとめることができる。同じ理由で、ジミーも森に残ったのかもしれない。村に戻ると、彼女はまっすぐ集会所を目指した。喉が渇いていたし、戦士たち全員と話をしたかった。石橋を渡るとき、ヘルヴォアと話しているタラクとすれちがった。

「ほかのみんなを集めて集会所に来て」

タラクがうなずき、走っていく。コラは自分でも何を話すべきか確信が持てないまま集会所に向かった。果たしてタイタスはどのような判断を下すだろう。

集会所に戦士たちが集まったところで、コラは通信装置の破片を袋から取り出してテーブルの上に並べた。全員の目が注がれた。

タラクがきいた。「やつらにどこまで知られてると思う?」

コラはかぶりを振った。「すべて知られてると想定するしかない」

全員の視線がタイタスに引き寄せられた。彼は腕を組み、人さし指で上腕をとんとんとたたきながら通信装置を見下ろしている。

「こうなると、防衛戦だけでは不十分だな。こちらからも相手に攻撃を仕掛けねばならない」

ミリウスが心配げな顔つきになった。「たとえば、どんなふうに?」

「わたしの軍歴が始まったころのある戦闘を思い出しているんだが……塹壕(ざんごう)戦だ。不意打ちの要素を取り入れる必要がある」

「それと爆発も。クレートの中に爆薬がいくらかあったはず」コラはつけ加えた。

タイタスがタラクとミリウスを振り返った。「ふたりで畑に行き、急ぎ塹壕掘りを始めてくれ。命懸けで頼む……まさに命がかかっている」そこでグンナーに向く。「塹壕の表面をおおい隠すものが必要だ」

「わかった。村人を何人か連れて探してみる」

タイタスがうなずく。「すぐに行ってくれ」次いでコラに目を移した。「武器のことはきみにまかせる」

「了解」コラは言った。

村の中でにわかに動きがあわただしくなり、何が起こっているのか確かめようと村人たちが続々と

家から出てきた。その中で体力のある者たちは、畑に塹壕の迷路を造るのを手伝った。タラクは機械並みの速さで土を掘っては投げ捨てていく。背中に陽光を浴びている彼は、全身から汗を噴き出させていた。彼が掘り進めると、そのあとから村人たちが木材を使って内壁を補強していった。グンナーはふたりの村人と塹壕をおおい隠すための麻袋などを運んだ。その上にさらに土をかぶせて何もない農地に偽装するのだ。タラクはタイタスを見やり、彼がこの罠にどんな反応を示しているかうかがった。心底納得しているとは言いがたいようだが、これ以上の結果を求めるには時間も人力も足りない。これでうまくいくことを願うほかなかった。

タイタスは塹壕に向かい、おおいをはずすと、内部にいる村人にインペリアム兵が残していった爆薬を手渡した。「扱いには気をつけろ」

彼はほかの塹壕も見て回った。人が立って歩ける深さの溝の中を、爆薬を抱えた村人が不安そうな顔で進み、内壁の小さな穴にそれを設置した。これは手動による爆破が可能だ。タイタスは完成した塹壕の様子を確かめたあと、膝をついて溝の中にいる村人に手を差し伸べた。彼を溝から引き上げたとき、ふいに空が暗くなるのを感じた。タイタスと村人は上空を見上げた。

雲の切れ間から巨大戦艦が姿を見せたところだった。

たちまち村の鐘が連打され、タイタスはあたりを見回して叫んだ。

「全員配置につけ！」

コラとネメシスが巨大戦艦を目撃したのは、ふたりで板材を集会所に運び入れようとしたときだった。

「ついに来た」コラはそう言ってネメシスと目を見合わせた。

ネメシスが空を見上げる。「わたしだけここにいるわけにいかない。あなたたちとともに戦場に出なくては」

「あなたはわたしたちの中で最強よ。あなたの強さでみんなを守って」

ネメシスが地上に目を戻し、集会所に避難してくる子どもや年寄りの一団を見た。彼女はコラにうなずいた。

コラは抱えている板材の残りをネメシスに手渡した。

「わたしは最後にもうひとつやるべきことがある」

コラが立ち去るのを見送ったネメシスは、板材を集会所の扉を入ったところに置いた。そのとき、エルジュンが友人たちの輪からひとり抜け出し、コラのあとを追おうとしているのが見えた。その手に握ったナイフが陽光にきらめている。今にも走りだそうとする彼の前に、ネメシスはすばやく立ちふさがった。

「どこへ行くつもり？」

少年は跳び上がり、あわてて両手を背中に隠した。ネメシスを見上げる目は、純真そのものながら自信に満ちあふれていた。

「戦いに行く。家族を守るために」

ネメシスはすでに答えを知りつつ質問した。「武器は？」

エルジュンが唇を噛み、隠していたナイフを見せた。小型の狩猟ナイフで、柄が雪ジカの角で作ら

れている。彼女はそれを手に取って目の前にかざし、特に刃の部分を観察した。金属の指で刃先を軽く弾く。「すばらしい。誰が研いでくれたの？」

彼が誇らしげに笑う。「ぼくだよ」

「みごとな仕事ぶりね。あなたはきっと立派に戦うと思う。でも、あなたにはここにいてもらう必要がある」

エルジュンはうなずいた。ネメシスはナイフを彼に返した。

「大事に持っていなさい」

エルジュンがほかの子どもたちのところへ走って戻った。

村人と戦士たちが各自の任務を果たすためにあわただしく動き、戦闘に参加できない者たちは集会所に身を隠した。

集会所に残ったサムとアリスがおとなたちを手伝い、閉めた扉や窓の内側に板を打ちつけ、家具を山積みにしていった。この日を生き延びられるのかすらわからない未知の領域にともに足を踏み入れながら、ふたりは緊張した顔を見合わせた。

コラはグンナーの家に入っていった。これまでに経験したどの戦闘のときよりも強い決意を抱いていた。まさに正念場だ。たとえ死んでも、そこには何か意味があるはず……たぶん、そこにはなんらかの贖罪（しょくざい）があるだろう。彼女はグンナーのキッチンから古いハサミを持ち出し、洗面所に向かった。木製キャビネットに置かれた洗面器の前に立ち、壁の鏡に映った自分の姿を見つめる。長いあいだ、インペリアムを離れたことを誇りに思えなかった。鏡の中にふたたび希望を感じたかった。彼女は顎までの長さの髪にハサミを入れると、インペリアム兵の髪型になるよう切っていった。両側をほとんど刈り上げて前髪を額で切りそろえるのは、顔や目に髪がかかると目の前の仕事――殺すこと――の妨げになるから。黒い髪の房が床に落ちていくにつれて、自分が正しいと信じるもののために死ぬことが怖くなくなっていった。

第八章

　巨大戦艦〈王のまなざし（キングズゲイズ）〉の司令塔内では、カシウスとノーブルが攻撃を前にして将校を集め、戦略テーブルの中央に浮かぶホログラムマップを囲んでいた。カシウスは村のどんな細かな変化も見逃すまいと目をこらした。彼は小さな土塁のような箇所を指さした。

「実に興味深い。これは新しく作られたものです」

　ノーブルがマップに顔を近づけ、笑みを浮かべた。「穀物だな。見ろ。連中は穀物の袋を村の中央に移動させ、建物に寄せて積み上げている。これでは、われわれは上空から攻撃できない」彼は別の箇所も指し示した。「ここと、ここにも。砲撃に対する防衛策として積み上げてあるわけだ」

「利口なやり方ですね」カシウスは言った。

「ふむ。明らかにこれは農民の思いつきによるものではない。どうやらタイタス将軍はまだ飲酒で分別をすっかり失ってはいないらしい」

　将校のひとりが進み出た。「よろしいでしょうか……」

　ノーブルとカシウスがうなずくと、将校はマップ上の赤い輝点を示した。

「ここを見てください。熱源探知映像はこの建物……おそらく村の集会所に人間が集まっていることを示しています。女と子どもであるのはまちがいないかと」

ノーブルは血に飢えたような目を赤い光のかたまりに向けた。

「村での会戦を引き延ばすため、できるだけの手立てを講じることとしよう。交渉を長引かせているあいだにクリプト人たちを潜入させ、女と子どもを確保するのだ。そのあとで連中にまだ戦う意志があるかを確かめてみよう」

カシウスはうなずいた。「すぐに準備にかかります」彼は右側にいる将校に向き直った。「メカを投入しろ」

降下艇五隻と輸送艇二隻の出撃準備が始まった。プラットフォームにのった二台の巨大メカ——戦闘用に開発された甲虫型の装甲歩行ビークル——が戦艦内部からせり上がってきて輸送艇に固定された。巨大格納庫の扉が開くと、降下艇と輸送艇の一団がヴェルトに向けて高速で飛び立った。ほどなくクリプト人部隊が乗っている降下艇だけが編隊を離れ、村はずれにある森の中に着陸した。

部隊を率いるカドモスは、降下艇から七名のクリプト人護衛官が降りて整列するのを見守った。カドモスは見るからに非情な顔つきで告げた。

「おれたちは命令により、女、子ども、老人だけに標的を絞る。連中におれたちの恐ろしさを存分に思い知らせ、抵抗の意志をくじくのが目的だ。おれが許可するまで殺してはならん。提督は連中を生かしておくことをお望みだ……ほんの短いあいだだがな」護衛官たちはまっすぐ前を見て指示を聞いている。「行くぞ!」

残りの四隻の降下艇と二隻の輸送艇は集落のすぐ外にある畑に向かって飛んだ。船団が接近する轟音があたりに響き渡り、強風が巻き起こる。収穫を終えたばかりの農地に四隻の降下艇が着陸し、川

に向かって横一列に並んだ。驚いた鳥たちがいっせいに飛び立ち、小動物たちが走って逃げていく。村はしんと静まったまま、ひと気もない。各降下艇から重々しい作動音とともにタラップが伸ばされ、数秒のうちに総勢七十五名のインペリアム兵がブーツの音を鳴らして降り立った。第一降下艇からは、ノーブルが悠然とした足取りで姿をあらわした。後ろには仮面を着けた三人の神官、書記官、そしてノーブルの専任護衛官六名がつきしたがっている。

ノーブルが集落のほうへ歩みを進めてくるのを見ながら、コラはグンナーとともに石橋を渡り、ノーブルに向かって歩いていった。風が彼女のマントをはためかせ、今やむき出しになったうなじをなでていく。岩礁に突き落として殺したとばかり思っていた相手が前方にいるのを見て、コラは自分の足が今にも止まりそうになるのを感じた。この重要な対面の瞬間、村には音もなく、動くものもない。コラの顔を認めたノーブルが、冷たい笑みを浮かべた。コラは内心の動揺を抑えこみ、彼に向かって決然と歩き続けた。一歩進むごとに、逃亡したあの日に定まった自分の運命に近づいていく。

グンナーは彼女に主導権をあずけ、やや後ろを歩いていった。

コラはノーブルの一メートル半ほど手前で足を止め、じっと目を見た。いかにも傲慢そうに唇の端を上げたノーブルが、コラの肩ごしに村の様子を眺めた。村人たちの姿はなく、ウラキさえ見当たらない。

「これはどういうことだ？　歓迎式典はないのか？　熱い抱擁は？　いいか、わたしはまだ一度もこの村のエールを飲んでいないのだぞ」彼は動かしていた視線を、きれいにひげを剃（そ）ったグンナーにとめた。「ほほう、誰かと思えば……野心満々の農民がついに何かのために戦う機会を得たか」

グンナーが黙っていると、ノーブルがコラに目を戻した。

「アルテレーズ。実際のところ、おまえがここにいる目的はなんだ？」

コラは顎を引いた。「最後にあんたと会ったときと同じ。あんたを殺すこと」

「それはまた名誉なことだな」

ノーブルは両手を制服の襟もとまで持ち上げ、ボタンをひとつずつはずし始めた。彼がなぜそのようなことをするのか見当もつかず、コラは好奇の目を向けた。ボタンをすべてはずすと、彼は制服の前を開いてひだの盛り上がった傷跡をあらわにした。コラは大腿骨（だいたいこつ）の笏（しゃく）を突き刺したのだった。彼女は肉体の著しい変形を一心に見つめた。

「〝傷跡を刻む者（スカーギバー）〟本人からつけられた傷跡だ」

コラはノーブルの顔を見すえた。「なんて醜い……胸が悪くなるわ。まさしくあんた自身と同じ。もう一度殺したら、二度とよみがえらせない」

ノーブルはあざけるような顔で制服のボタンをはめ直し、首を横に振った。

「おまえが抵抗の場所に選んだのは、こともあろうにここなのか？　そうすることで、この村もおまえも破滅が確実になるというのに」

彼が片手を挙げて合図した。兵士たちがいっせいに銃をかまえてコラに狙いをつけた。彼女は毅然（きぜん）とした態度を崩さず、大胆にもノーブルに一歩近づいた。

「わたしはマザーワールドなど微塵（みじん）も恐れていない。もちろん、あんたのことも。ひとつ教えてほしいんだけど……その名前、アティカス・ノーブル。ひょっとして、あのドミニク・ノーブル司令官の

息子だったりする？」

ノーブルは父親の名を持ち出されてたじろいた。このヴェルト遠征は彼自身の任務であり、彼自身の栄光である。子どものときから常に比較されてきた男のものではない。ノーブルは返答のしかたを慎重に選んだ。「それがどうした？　なんの関係がある？」

コラは皮肉たっぷりにほほ笑んでみせ、ノーブルが他人に見せたがるしたり顔を逆に彼自身に見せつけた。

「やっと腑に落ちた。なぜあんたみたいな無能が巨大戦艦の指揮官になれたのか不思議だったの。それだけの話よ」

ノーブルが憎悪をにじませながら目を細めた。彼は弱点をほとんど持たない男だが、コラが指摘した点だけは例外だった。

「戦闘で立ちこめた煙が晴れ、おまえの村が〈王のまなざし〉の力で灰になったとわかったとき、誰が無能なのかわかるだろう」

「あるいは〈王のまなざし〉が墜落して炎と煙を上げたときかもね。大量殺戮を避けるために、あんたに一度だけチャンスを与えてあげる。今日ここで血が流れる必要はないわ」

「何を青臭いことを。おまえを執権バリサリウスの前にひざまずかせたとき、わたしが何を与えられるかわかっているのか」

「あんたみたいな男のことはよくわかってる。元老院の議席がほしくてたまらないのよね。もしそうなら、マザーワールドへの帰途で部下たちに食べさせる分だけの穀物を持っていきなさい。それ以上でも、それ以下でない。村の人たちには手を出さず、バリサリウスには指名手配の戦士たちを捕獲できなかったと報告すればいい」

「それではわれわれが得るものはない」

「あんたたちは命が助かる。バリサリウスは不機嫌になるだろうけど、まさか巨大戦艦の提督を殺しはしないでしょ。悪くても、あんたは辺境の前哨（ぜんしょう）基地に配置転換されて、そこでまた昇進の階段を一歩ずつ登ればいいだけ。遅かれ早かれ、あんたは議席を得るんだろうから。それは明日ではないし、十年先でもないかもしれないけど、その日は必ず来る。あんたのその血筋が保証してくれる。どちらを選ぶかは、あんた次第よ。不名誉と追放に甘んじるか、その首が胴体を離れて自分の艦が棺（ひつぎ）となるか。そして、あんたがヴェルトの貧しい農民たちに殺されたことを一族やマザーワールドの人たちに知られるか」

ノーブルは彼女の言葉に応答しなかった。彼の氷のような目が、彼女の泥だらけの靴、マント、断固としたまなざし、刈り上げられた髪を順々に見ていく。コラは一瞬、自分の言葉がノーブルの自我にしみ入ったのかと思った。

「それでわたしに選択肢を与えたつもりか？」ノーブルの顔がゆがみ、醜悪な本性と憎悪があらわになった。「とんだ思いちがいだ。マザーワールドに誉（ほま）れをもたらすことがわたしの任務であり、その任務をわたしは最後まで果たすつもりだ。おまえが自分に交渉できるだけの力があると思っているなど、まったく笑止千万。おまえが女や子どもを隠していることをわたしが知らないとでも思っているのか？　ここでこうして話しているあいだにも、おまえの計画はすでに破綻しつつあるのだ」

コラは平然とした態度を崩さずに立っていた。ノーブルが一歩近づいてきた。今度は彼がコラの弱点を突く番だった。

「だが、おそらくは別の取引も可能だ。たとえば、われわれがおまえの提示したもの、すなわち帰途に必要な穀物を受け取る。そして、おまえの願いどおり、村人の命は奪わないでおく。ただし、この譲歩と引き替えに……おまえ自身をもらう」

コラはまだひるまずにいた。だが、彼女がその条件について考えをめぐらすのを見て、ノーブルはほくそ笑んだ。

「確かに、反乱集団の者たちはどれもインペリアムにとって喉から手が出るほどほしい。とはいえ、われらが執権閣下が何よりも求めているのがアルテレーズ本人であることは否定できない。さて、そこで、おまえには選択肢がある。おまえがわたしのもとに投降すれば、仲間たちは生存が許される。もしもおまえが拒否するなら、集会所の中で守られている子どもや年寄りが、今そこへ向かっている者たちの手で皆殺しにされるだろう。あの美しい集会所でまだ血を流し足りないか？　おまえの名において殺戮が続くことに、おまえは真の覚悟ができているのか？」

コラはグンナーを振り返った。彼の目には心配の色があった。集会所の前にある鐘のそばにはひとりの村人がハンマーを持って待機し、コラの指示でただちに打てるよう準備をしている。彼女は鼓動が速まっていたが、自分がすべきことはわかっていた。コラはハンマーを下に置くよう、村人に合図を送った。鐘の男は一拍おいてから、ハンマーを地面に下ろした。コラはノーブルに向き直った。

彼は勝利宣言をするかのようにコラを見た。「これは予想外だった。では、仲間に別れを告げてこい。父上がお待ちかねだぞ、アルテレーズ」

コラはノーブルに背を向け、グンナーのほうへ歩いていった。彼女はグンナーに両腕を回した。

「何してる？」彼が声をひそめながらも切迫した声で言った。彼女とノーブルの会話が聞こえない位置にいたため、何が起こっているか理解できていないのだ。

コラはかぶりを振った。「ごめんなさい。わたしのせいでこの村がめちゃくちゃにされるわけにはいかない」

グンナーがどうにか彼女と目を合わせようとして、その手に触れた。

「コラ、あいつは嘘をついてる。きみもわかってるはずだ」

たがいに見つめ合ってから、コラは涙をこらえてもう一度強く抱擁した。

「自分のしてることはわかってるつもり。どうか、わたしを行かせて」

彼は強く抱き返した。

「ぼくにはできない」耳元でささやく声はかすれていた。

次の瞬間、グンナーはコラのホルスターから拳銃を引き抜くと、彼女から身を離してまっすぐ鐘に向き直った。引き金を引く。完璧な狙いで命中した銃弾が鐘を鳴らした。戦闘開始の合図が静かな村にこだました。

ノーブルが目を大きく見開き、すぐに嘲笑を浮かべた。彼の背後にいる兵士たちは、とまどう様子で顔を見合わせている。

第一降下艇のすぐ横で、塹壕(ざんごう)をおおい隠していた麻袋とその上の土がはねのけられた。ひとりの村人が半身をあらわし、対装甲ロケットランチャーを肩にかついで降下艇に狙いを定めた。兵士が制止する間もなく、彼はロケットランチャーを発射した。塹壕内には武器の発した煙が立ちこめた。

ノーブルがとっさに地面に伏せた瞬間、彼の降下艇が爆発し、爆風とともに機体の破片が四方に飛び散った。彼は地面を見つめたまま、こぶしを固く握りしめた。爆発音は村全体を揺るがすほどで、ノーブルは頭と耳がずきずきと痛んだ。兵士たちの叫び声が耳鳴りのように遠く聞こえる。煙が晴れてきたので顔を上げた。彼の中にはどす黒い怒りが渦巻いていた。彼の伏せている位置から、ロケットランチャーを撃った村人が塹壕にもぐる姿が見えた。

ノーブルは頭上を飛び交い始めた銃弾や周囲の戦闘をものともせず勢いよく立ち上がった。農民ごときや逃亡中の暗殺者に出し抜かれるなど許せなかった。彼はすばやく塹壕まで走って中に飛びこむと拳銃を抜いた。人が立って歩ける深さの溝の中にいる村人を見つけては、躊躇（ちゅうちょ）なく至近距離で頭に一発ずつ撃ちこんでいった。彼はそのうちのひとりの死体を見た。額の穴から血が流れ出ている。死体のベルトには刃の縁がぎざぎざになっているナイフがあった。ノーブルはそれを奪い、塹壕の闇の奥に目をこらした。向こうにもっと大勢いるはずだ。

ノーブルは狭い溝の中を進み始めた。湿った土のにおいがする。そのにおいが無性に腹立たしい。本来ならこの土地もその上にあるものも、すべてすんなり手に入るはずだったからだ。前方に若い農民がふたり見えた。緊張の面持ちで銃に弾をこめている。作業に没頭するあまり、塹壕の暗がりから忍び寄るノーブルに気づいていないようだ。武器を扱う手つきのぎこちなさは、どう見ても熟練の兵士のものではない。ノーブルはナイフの柄を強く握りしめた。

「次の弾をこめろ！」背の高いほうの農民が叫んだ。

「いいぞ、撃て！」もうひとりが言った。

　農民が銃を撃つ前に、ノーブルは襲いかかった。ライフルを持っている男の脇腹にナイフを突き刺し、刃を抜きざま首に突き立てる。男は銃を取り落とし、へたりこんで息絶えた。ノーブルは空いているほうの手でもうひとりの顔面を殴りつけ、鼻の骨をつぶした。農民が痛みに悲鳴を上げ、塹壕の内壁にぶつかってよろめいたとき、ノーブルは無慈悲な怒りとともに腹を突き刺した。血しぶきが塹壕の中に飛び散った。

「哀れなやつめ」彼はつぶやいた。死体をまたいでさらに塹壕の先へ進んでいく。これ以上味方の被害が拡大する前に、隠れている村人をできるだけ多く見つけるつもりだった。少し先に光があり、塹壕の突き当たりを照らしている。あいつだ……。ロケットランチャーで彼の降下艇を吹き飛ばした農民だった。ノーブルは唇を舐め、無警戒にこちらに背中を向けている男に近づいていった。農民が次のロケット弾を装塡する前に敏捷に距離をつめて殺してやる。この戦いは絶対に敗北するわけにいかない。あの性悪女アルテレーズに思い知らせてやるのだ。彼女がなんとしても救いたいと願うこの取るに足りない農民どもの死体を目にしたとき、アルテレーズがいったいどんな顔をするか、それを見るのが楽しみでならない。

　処刑の前に彼女を死なせたくはない。処刑場で死がもたらされる寸前に彼女が味わうであろう苦痛と恐怖を思うと、ノーブルは興奮を覚えた。その興奮があまりに強烈だったため、ほんの一瞬だけ双子のことを考えた。悦楽のことを。彼女がひざまずいて拷問を受ける姿を見るのは、どれほど楽しい

ことか。農民がロケットランチャーをもう一発撃とうとはしごを登ったとき、ノーブルは足を速めた。背後から襲いかかってナイフを農民のうなじに突き刺し、さらに背中の左下部を刺した。ロケットランチャーが手からすべり落ち、農民は腐った果実が木から落ちるようにはしごから溝の底にどさっと倒れた。

ノーブルは唇を曲げて笑った。頭上でおこなわれている戦闘の音が聞こえる。彼は塹壕の縁まで上がってあたりを見た。別の塹壕に飛びこもうとする村人たちをインペリアム兵たちが撃ち続けている。降下艇まで駆け戻るなら今だ。

「行け、デン！　今だ！」

ノーブルは銃撃戦の中で誰かが怒鳴る声を聞いた。呼応するように塹壕から大柄な男が飛び出すのが見えたが、最初の訪問のときに見た覚えのある顔だった。デンという大男は片方の肩に麻袋をかつぎ、前傾姿勢で走っていく。手榴弾ベルトをつかみ出すなり麻袋を捨て、筋肉の発達した腕を大きくしならせると、離昇しかけた降下艇の開いている乗降扉の中に投げこんだ。デンが反転して逃げ始めた直後、頭上で降下艇が爆発し、彼は地面に投げ出された。ノーブルは塹壕の中に身をひそめ、押し寄せてくる爆風を避けた。そばに倒れている死体をもう一度見やり、大きく息を吸いこむと、塹壕から飛び出し、遮蔽物を求めて走った。

デンは邪悪な提督が無傷の降下艇に走っていくのを見た。とっさに起き上がり、ノーブルを逃すまいと畑の中を全力で追いかける。爆風で倒れたときにこうむった痛みに顔をしかめながら、大きく腕を振って走った。ノーブルが降下艇のタラップに足をかけた。デンは猛然とタラップに飛び乗り、提督にタックルした。ふたりが一体となってタラップの金属面に倒れこんだとき、降下艇が騒々しいエンジン音とともに離昇を開始した。機体は乗降口を開けたまま上昇を続け、タラップで格闘する男たちは風に吹きさらされた。デンはベルトからナイフを抜いた。農民の血がついたナイフをまだ握っているノーブルと条件は五分五分だ。体格はデンのほうが明らかに勝っているが、新たにバイオ強化された提督に苦戦を強いられた。デンは相手の弱点を探そうと目をこらした。

ノーブルがにやりと笑い、エンジンの轟音の中で叫んだ。

「おまえは命を犠牲にしないかぎり、このわたしには勝てないぞ」

「おれが殺せなくても、コラが殺してくれる。おれにはわかってるんだ。おまえは結局のところ、ただの人間にすぎない」

デンが振るったナイフの刃先がノーブルの胸をとらえた。切り裂かれた制服を見下ろしたノーブルが、ナイフをかまえてデンに突進した。ノーブルの振り回す切っ先は凶暴かつ正確で、デンは右腕と左の首筋に傷を負った。デンは長いリーチを生かして応戦し、そのひと振りが相手の右太ももを切り裂いた。ノーブルの顔が苦痛でゆがむ。デンはその機を逃さず、顎を殴りつけた。ノーブルが降下艇のデッキ内に背中から倒れこんだ。

デンは一気に片をつけようと相手に飛びついたが、ブーツのかかとで膝の側面に強烈な蹴りを食らい、嫌な音とともに膝が崩れた。ノーブルがここぞとばかりにデンの手と前腕を切った。デンはナイフを取り落としてしまったが、顔を目がけてきた刃先は視界にとらえていた。顔に届く寸前に武器をたたき落とし、ノーブルの首を両手で絞めた。デンは目を血走らせ、愛する村を破壊しようとする男

の息の根を止めようと、両手にありったけの力をこめた。怒りのあまり殺すことしか考えられなくなった彼は、ノーブルの手が死にもの狂いのクモのように動いて床のナイフを探り当てたことに気づかなかった。

デンは傷の痛みも転倒の痛みも無視して首を絞め続けた。自分の苦痛などどうでもよかった。怒りで顔が紫色に染まり、首の血管が浮き出したとき、ふいにその手から力が抜けた。デンの首にナイフが突き立っていた。その目からにわかに色が失せ始め、口が力なく開く。ノーブルが彼の口を平手で打ち、胸を押しやった。それでもデンは動かない。

「おまえはあの女の身に何が起こるか、けっして知ることがないだろう。だが、おまえの死体がおまえの居場所である畑に転がっているのを見たとき、あの女がどんな顔をするか、わたしはそれを見るのが待ちきれない」

ノーブルが力まかせに何度も蹴りつけると、とうとうデンの身体はタラップの斜面を転がり、十メートル下の畑に落ちていった。ノーブルは動かなくなった身体をしばらく見下ろしてから、笑みを浮かべた。あの男はほかの者たちよりもましな死に方をした。その点はわたしに感謝すべきだ、とノーブルは思った。インペリアム兵は反撃を試みる村人たちを圧倒していた。この調子だと村には何ひとつ残らないだろう。ノーブルは眼下の光景に満足し、巨大戦艦に戻るべく降下艇のメインデッキに急ぎ足で入っていった。彼の機を追うように二隻の降下艇が飛んでいる。そのうちの一隻は手榴弾で破壊されながらも奇跡的な技術力でどうにか母艦に戻っていく。ノーブルはアルテレーズを捕獲できなかったことが残念だった。だが、軌道上から村を消滅させれば、どのみち彼女は死んでしまうのだ。それで十分というものだろう。

コラとグンナーは最初の降下艇がロケット弾で爆発したとき、冷たい川の中に飛びこんで爆風を避けた。彼女はこのような展開を予期していなかった。みずから投降するつもりだったのだ。ふたりは石橋の下に身を隠した。コラは水面から顔を上げてまばたきし、耳の中で鳴り続けている爆発音を追い払おうと頭を振った。

「大丈夫か？」グンナーが巻き起こる銃撃の音に負けじと叫んだ。

彼女はうなずき、顔から水をぬぐった。「穀物倉へ！」

頭上を銃弾が飛び交う中、ふたりは川辺の土手を水の流れに沿って移動した。安全を見きわめてから、敵兵に見つからないように土手から上がり、身をかがめながら穀物倉の裏手まで走った。そこには一頭のウラキがつないである。それに乗って降下艇の隠し場所まで向かうのが当初の計画だった。

グンナーが綱を解き、ウラキの背にまたがった。

コラは全身から水をしたたらせながら、彼をじっと見上げた。

「なぜわたしを止めたの？　あいつはあなたたちを殺さないと約束したのよ」

グンナーが荒い息をつきながらかぶりを振った。川の水と汗のしずくがウラキの首に垂れた。彼は興奮もあらわに言った。

「あいつは戦わずにきみを降伏させるためなら、なんだって言うに決まってる。そんなやつの言葉には、なんの価値もない。それに、きみはもうぼくたちの一員なんだ。ぼくの一部なんだよ。ぼくたち

は、嘘のためにきみに犠牲を払わせたりしない。そんなこと、ぼくがさせない」

　グンナーが手を差し伸べたとき、ふたりからほど近い地面で小さな爆発が起こった。戦闘が迫ってきているにもかかわらず、コラは身じろぎもまばたきもしなかった。グンナーが無言でじっと見つめてくる。コラは彼が向けてくれている愛を見ることが――感じることが――できた。彼女にとってその愛は周囲の戦闘よりも怖かったが、彼のいない人生を送ることのほうがもっと怖かった。そのことをはっきりと悟った。彼がまだ手を差し出し続けている。

「さあ、行こう。きみをあの船に乗せる。きみはぼくたちのただひとつの希望なんだ」

　コラは彼の手を取った。ウラキの背に引き上げてもらうと、手綱を握るグンナーの腰に後ろから手を回した。隠してある降下艇に向けて彼がウラキを駆るあいだ、コラは目の前の広い背中に頬を寄せた。目を閉じて彼の鼓動を聞き、息づかいを感じる。目前の戦いで死ぬかもしれないというのに、彼の身体の感触と温もりは安らぎを感じさせてくれた。これこそがコラの求めていたものだった。自分が死ぬ瞬間が訪れたとしても、かたわらに彼がいるならば、それは本当に生きるに値する人生だったと言える。たとえ、これほど多くの過ちを犯してきたあとであっても。

　またしても爆発が起こり、全速力で走っていたウラキがよろめいた。たちまちグンナーの顔が恐怖で引きつった。

　コラは爆発の様子に目をこらした。

「今のは敵の降下艇よ。やったわ。この隙に急ぎましょう。さあ、行って！」

　グンナーがウラキの胴体をかかとで蹴り、滝を目指し、自分たちの降下艇を目指し、足を速めさせた。畑では激しい戦闘が続いている。彼は地上の仲間たちとともにいられないことが心苦しかった。

インペリアム兵たちが集落へと前進を開始した。村人たちは地上や塹壕の持ち場をけっして離れずに兵士たちと激しい銃撃戦を繰り広げているが、やはり多勢に無勢で、インペリアム兵の分隊が人喰いバクテリアのように石橋から集落に侵入するのを許してしまった。だが、集落に入ったところで兵士たちの動きが鈍くなった。中央の広場まで進んだが異様に静まり返っており、彼らは困惑の目を周囲に向けた。

兵士たちは四方を見回し、なぜ自分たちが孤立したように感じるのか、その手がかりを探ろうとした。聞こえるものと言えば、遠く農地にとどろく銃声と自分たちの呼吸音だけ。突然、周囲のあらゆる方向から一斉射撃が始まった。不意をつかれた兵士たちはその場にうずくまり、ただやみくもに撃ち返すしかなかった。

「あそこだ！」

分隊長が指さした先に、がらくたで作られた大きなバリケードがあった。テーブルや板材や穀物の袋を使ったいかにも急ごしらえの代物で、背後に人影も見える。分隊長がその光景に鼻を鳴らした。

「ここのまぬけどもは、あんなものでうまくいくと思ってる。哀れなものだ。よし、行くぞ！　ひとりも生かしておくな！」

兵士たちがいっせいに動き、応戦した。銃撃が激しくなるにつれ、木の破片や穀物の粉が空中に飛び散った。ひとりの村人がバリケードの背後から建物の陰に走って逃げていく。兵士たちはその姿を

目撃した。

「見ろ、ネズミが逃げてくぞ！」兵士のひとりが言った。

分隊長が銃をかまえてバリケードに駆け寄り、つぶれた穀粉袋の山に登った。最上部に立ったところで、彼は立ち止まった。目を見開いて前方の地面を見下ろす。

「いったい……」

そこに村人はひとりもいなかった。数体の粗末なかかしが立っているだけだ。彼はうめき声をもらし、罠であることを伝えるために険しい顔を部下たちに振り向けた。

口を開こうとしたとき顔面に銃弾が命中し、分隊長は血しぶきを上げながらのけぞって倒れた。兵士たちは分隊長が何を告げようとしたのかわからず、とまどいながら前進した。そこへ銃弾の雨が降り注いだ。

「応射しろ！」ひとりの兵士がそう叫んで分隊を立て直そうとした。

付近で最も高い建物の上に設置された機関銃が火を噴き、逃げ場を失った兵士たちがたたかれたハエのようにばたばたと倒れていった。兵士の数が減り始めると、さらに多くの村人が隠れ場所から飛び出して攻撃した。

ミリウスは建物の屋根裏に身をひそめていた。狙撃手の忍耐力で敵兵が照準器の十字線上にあらわれるのを待ち、引き金を引いた。狙いを定めるたびに、インペリアム兵の死者数が確実に増えていった。

タイタスは村人の小集団を引き連れて穀物倉から走り出た。重装備の兵士と比べたら準備不足に見える部下たちだが、彼は誇りを持って率いていた。タイタスは武器をかかげて叫んだ。

「ときは来た！　自分が愛するすべてのもののために、故郷のために！　たがいに仲間を守り、やつらには容赦をするな！」

彼の戦士集団は歓声と雄叫びを上げ、戦闘に飛びこんでいった。

家畜舎からはタラクが二十名の村人を連れてあらわれた。彼らは大鎌や農具だけで武装している。

「タイタスの隊に何もかもやらせるわけにはいかない！　みんな、準備はいいか！」

彼にしたがう農民たちが農具をかかげて叫んだ。「死ぬまで戦うぞ！」

「死ぬのは敵にまかせよう。おれに続け！」

タラクはそう言うと、戦闘へと突進した。

敵兵の群れにぶつかった村のふたつの隊は次第に合流し、タイタスとタラクは格闘と刃物で敵に立ち向かった。タイタスがインペリアム兵の心臓に大きなナイフを突き刺して武器を奪うと、タラクも敵をたたきのめして銃器を手に入れた。兵士が隠し持っていた拳銃を取り出してタラクに向けたが、タラクはそれより早く発砲した。ひとまず目前の敵を一掃したところで、タイタスはタラクをひじでつついた。ふたりはたがいに笑い合い、さらに激しい戦闘へと駆けだした。

コラとグンナーは滝のベールをくぐり抜けて洞窟に入った。激しく落ちる水音にかき消され、戦闘の音は聞こえない。ふたりはウラキを降りた。グンナーがウラキを反対側に連れていき、コラのあとから降下艇に乗りこんだ。コラがマントを脱ぎ捨てる。グンナーはコラが着替えた血のついたままの

制服と短く刈られたばかりの髪をまじまじと見た。

「まるでやつらの一員に見える」

彼女は血のしみがついた布地を見下ろした。「昔は一員だった。でも、もうちがう。今から血を流すのはやつらのほう」

グンナーもウラキにくくりつけてきたバッグからインペリアム兵の上着を取り出した。嫌悪の目で見てから、それを着こんだ。肩をすぼめ、胸の部分を引っぱり、身体になじむよう調整した。コラは操縦席にすわり、降下艇の発進準備にかかった。

グンナーが目顔で操縦パネルを示す。「本当に飛べそうなのか？」

コラは隣の空いている座席に頭をくいっと動かした。「つかまって」

彼があわてて座席に着くのを横目に、コラはスロットルレバーを動かした。機体が振動して浮き上がり、そのまま勢いよく滝を突き抜ける。

コラは尾根に沿うように低空飛行し、〈王のまなざし(キングズゲイズ)〉へと上昇していく敵の降下艇から見えないように機体を誘導した。母艦に戻るうちの一隻は煙をたなびかせ、ほかの二隻から遅れを取っているようだ。

「次はどうする？」グンナーがきいた。

「あの編隊に合流して、そのまま母艦に入れるように祈る。わたしが合図を出したら、スモークを噴射して」

彼がうなずき、バッグに手を伸ばした。「革袋に動物の血を入れて持ってきた。それを振りかけておこう」

　グンナーは自分の手に血をこぼすと、コラの制服についている血痕の上からさらになすりつけた。彼女はその様子をちらっと見てから、操縦に意識を戻した。降下艇は敵の注意を引くことなく編隊にうまくまぎれこんだ。

「今度はわたしが」

　彼女はグンナーから革袋を受け取った。手を血まみれにし、彼の制服を赤く濡(ぬ)らしていく。布地にあいている銃弾の穴には指を押しつけて血をしみこませた。彼女は顔を上げ、作業をじっと目で追っているグンナーの顔面に、指に残っている血を弾(はじ)き飛ばした。ふたりは無言のまま顔を見合わせた。コラは彼を引き寄せ、激しいキスをした。グンナーの顔を染める動物の血が彼女の頬にもなすりつけられた。

　コラは身を離した。「スモークをたいて」

　グンナーがバッグから発煙弾を取り出し、機体後部に走った。ピンを抜いて乗降口のほうへ投げる。彼はすぐにコラの隣に戻った。ふたりで振り向き、発煙弾の状態を見ていると、煙が機外にたなびき始めた。

「この先もこんなふうに順調にいくといいな」

　グンナーが敵艦へ接近していく緊張をまぎらすように言った。ほかの降下艇は〈王のまなざし(キングズゲイズ)〉に向かって上昇を続けている。その一隻から噴き出す煙はますます勢いを増していた。

「この艇もここではぐれたほうがいいのかも……見て」

　コラは損傷の激しい敵の降下艇を指さした。その一隻だけほかの降下艇から離れていく。彼女はノーブルが乗っているのは別の艇だと直感した。

「やっぱりこのまま行く。なんとかうまくやってみる」

　コラは故障機に見えるように機体を巧みに制御し、巨大戦艦のドッキングベイに誘導した。たちまちベイ内に発煙弾の煙が広がった。

「あの艇は損傷してるぞ！」係員の大声が操縦席にも聞こえてきた。

　コラは通信装置のスイッチを入れた。「管制室。当機には負傷者あり。操縦桿も効かない。このまま制御を放棄する」

　ドッキングの担当士官の声には焦る様子もなかった。「よし、こっちで捕獲する。メイン格納庫に降ろすから、整備と医療処置を受けろ」

　コラは通信を切った。グンナーが声をひそめる。「次はどうする？」

「耳を澄まして待つだけ」

　グンナーは操縦室から外をうかがった。ベイにずらりと並ぶ船団を見やり、その底知れぬ戦力に恐怖の目を見開いた。「なんてことだ……」

　ふたりの乗った降下艇は巨大戦艦のさらに奥へと運ばれていく。機械アームにつかまれたとたん、機体は急停止した。アームで壁際まで誘導されると、連結膜が伸びてきて乗降口の周囲に密着した。

　ふたりは操縦席で待機し続けた。グンナーが彼女の腕に触れ、目顔で窓の外を示した。すぐ隣に別の降下艇が駐機している。タラップを降りてきたのはノーブルだった。

「ただちに第二波を送れ！」彼が怒鳴った。

コラとグンナーは村のことを思い、心配げな目を見合わせた。

「それでも、ぼくたちはこれをやらなきゃ。どんな犠牲を払ってでも」


上空から複数の降下艇が舞い降りてきて、集落から少し離れた畑に着陸した。畑はすでに戦闘で荒らされており、難を逃れていた区画も新たな船団と兵士のブーツで踏みにじられた。どやどやと降下艇を降りた第二波の兵士たちが再攻撃の準備を整える。川の手前では、第一波の残留兵の大半が、爆破されてくすぶっている降下艇の残骸の陰に身をひそめ、戦闘を継続していた。村人たちによる容赦ない攻撃の中、彼らは懸命に戦っている。

突如として重々しい地響きが聞こえ、誰もがそちらを見た。畑の中で巨大な甲虫のような装甲メカが立ち上がって歩きだしたところだった。四本脚で畑を踏みしめ、大地を揺らしながら集落に向かっていく。

新たに投入されたインペリアム兵たちはメカの頑丈な装甲ボディを盾にしながら激戦場所に接近し、塹壕にいる村人に反撃した。メカは銃弾をものともせずに農地の中を通り抜け、村人を見つけ次第殺すよう命じられているインペリアム兵が塹壕に次々に飛びこんでいった。村人もみな自分たちの故郷を守ろうと、やみくもな勇敢さで突撃したが、大幅に増員されたインペリアム兵団に圧倒されるばかりだった。即時の殺傷力を持つインペリアムの最新兵器に対し、干し草フォークではかなうべくもない。

インペリアム兵たちはロボットのような正確さで塹壕を襲撃し、土に村人の血を吸わせていった。鼻の下にまだ産毛しか生えていない村の若者が、うめき声を上げながら溝から頭を覗かせた。頬から耳にかけて血にまみれた土がこびりつき、鼻血も流している。兵士たちは前方から銃撃してくる村人に気を取られ、若者には目もくれずに横を通りすぎていった。若者は塹壕の底に倒れこみ、懸命に両腕を動かして這っていった。食いしばった歯のあいだからうめき声がもれ、顔を紅潮させ、脇腹には血がにじんだ。彼は目当ての土壁を見つけると手で掘った。隠れていた板があらわになり、それを脇に投げ捨てる。彼はこれで自分も一巻の終わりだと覚悟したが、こうなる可能性は承知の上だった。これはよい死に方だろう。板をはずした穴の中には起爆装置があった。

若者は震える手を伸ばした。手のひらが爆薬に触れると彼は目を閉じ、起爆装置を握った手に力をこめた。土壁に設置された爆薬が次々に爆発し、炎が赤いヘビのように塹壕の中を走っていくと、それに連動して悲鳴が上がり続けた。インペリアム兵たちの身体が飛び散り、焼きつくされた。彼らの血は霧となって噴き上がり畑に降り注いだ。だが、まだ大勢の兵士が殺戮を拡大させようと前進を続けている。

タイタスとタラクは石橋のたもとで踏みとどまり、畑から押し寄せてくるインペリアム兵を食い止めていた。たがいに援護しながら、集落に侵入しようとする激烈な人波の勢いを削いでいく。足もとに重い振動を感じ、ふたりは怪訝な顔を見合わせた。それまで畑で静止していた二台の歩行メカが立ち上がり、前進を始めた。高い建物の上に設置された機関銃がメカを狙って連射した。銃弾はメカに次々に命中したが、厚い金属装甲に弾き返されるだけだった。メカから一発のミサイルが発射され、機関銃の建物が吹き飛ばされた。瓦礫と粉塵がまき散らされる中、村人も兵士も地面に伏せたまま熱を帯びた煙に襲われ、激しく咳きこんだ。

機関銃の陣地が破壊される様子を、ミリウスは離れた建物の屋根裏から目撃した。すかさずメカを狙って撃ったが、やがて弾薬が切れた。あきらめて武器を放り出したとき、メカが頭をもたげて村の鐘のほうを向いた。ミリウスは恐ろしくなってかぶりを振ると、穀物倉へ駆けこんだ。穀物倉は川の流れの上に建っており、床の出入口から川の中に降りられるはずだ。床を探すと、すぐ下からせせらぎが聞こえる小さな落とし戸が見つかった。ミリウスはそれを開けるなり、川の中に飛びこんだ。水が氷のように冷たかったが、戦闘による汗と汚れが洗い流され、戦う決意がいっそう鼓舞される。頭上を銃弾が飛び交う中、ミリウスは流れに逆らって懸命に泳いだ。今はメカのことしか頭にない。メカがふたたび動きだし、ミサイルを発射した。何世紀にもわたって音を響かせてきた村の鐘が一瞬にして消失した。

ミリウスは息を切らしながら川の土手をよじ登った。ずぶ濡れのズボンからナイフを抜き、ほんのすぐ先にいるインペリアム兵に目をとめた。ミリウスは身をかがめて畑を走り、兵士の不意をついた。背後から兵士の首をつかんで反らし、喉を切り裂く。手放した死体が地面に倒れたとき、おなじみの重い振動音が聞こえてきた。振り向くと、もう一台の装甲メカが向かってくるところだった。

身を隠す場所がないかと見回したが、畑にあるのは塹壕と爆発で生じたクレーターだけだった。ミリウスはそのひとつに飛びこみ、外をうかがいながらじっと動かずにいた。歩行メカは石橋に向かっていく。そこでは、タイタスとタラクがますます不利な状況になる中で激しい戦いを見せていた。イ

ンペリアム兵と村人は、今や白兵戦を繰り広げている。村人たちは侵略者に憤怒をぶつけ、鋭く研いだ大鎌を振るっていた。

石橋の表面は血にまみれている。それを見たミリウスは、歩行メカをやりすごしたらすぐに戦闘に加わる心がまえで待った。メカが横を通りすぎるとき、巨大な足が地面を大きくえぐり、その拍子に土に埋まっていたロケットランチャーがこぼれ出てきた。ミリウスは穴から這い出すと、地面に伏せた姿勢ですばやく近づいて武器をつかんだ。片膝をついて狙いを定め、引き金を引いた。

「食らえ！」

空気を切り裂いて飛んだロケット弾は歩行メカのど真ん中に命中した。装甲ボディが爆発し、四本脚がよろめくと、メカはその場に崩れ落ちた。メカから煙が上がるのを見定めると、ミリウスは戦闘を求めて走った。

コラとグンナーは降下艇の操縦室内で所定の位置につき、負傷者を装った。武装した五名の衛生兵が乗船してきて、うつ伏せになっているコラをストレッチャーにのせ、床に倒れているグンナーをもう一台のストレッチャーに寝かせた。衛生兵のひとりが宙に浮かぶストレッチャーの側面に、医療ベイへ向かうよう指示を入力した。二台のストレッチャーが空中をすべるように〈王のまなざし(キングズゲイズ)〉の艦内を進んでいくあいだ、ふたりのヴァイタルがスキャン測定された。通路の突き当たりまで行ったところで大きなエレベーターの両開き扉が開き、コラとグンナーをのせたストレッチャーが並んで中に吸いこまれた。

いっしょに乗りこんだ衛生兵のひとりが当惑した顔をほかの四人に向けた。「おかしいな。負傷箇所が見つからない。そっちはどうだ？　数値は安定してるか？」

もうひとりが測定結果を見た。「ええと、脈拍数は低いが……ほかに異常は……」

コラはぱっと目を開けた。すぐ横の衛生兵の顔を両手でつかむなり、強烈な頭突きを食らわせた。彼はのけぞって床に倒れた。コラはほかの四人に反応する間も与えずに拳銃を抜き、あっという間に全員を射殺した。死体を見下ろしてからエレベーターの制御装置に目を向ける。パネルにこぶしをたたきつけると、エレベーターが停止した。頭突きされて倒れた衛生兵が鼻を押さえ、コラを見上げながら銃に手を伸ばした。グンナーがストレッチャーから飛び降りて衛生兵の手を踏みつけ、次いで顔面を蹴り飛ばした。衛生兵は動かなくなった。

コラはグンナーを振り返った。「爆薬を」

彼が胸に斜めにかけていたポーチをコラに手渡した。彼女はそれを自分の身にしっかり装着すると、ふたたびグンナーに目を向けた。

「あなたはどうにかして格納庫に戻って、脱出用の船を見つけておいて。爆発までの時間はそう長くないわ」

コラは行こうとしたが、グンナーに腕をつかまれた。死体に囲まれているというのに、身体を引き寄せられた。

「今度はぼくの番だ」

グンナーのキスは、たがいに永遠に忘れられないと思われるほど情熱的だった。ふたりの唇と舌はたがいの味を記憶した。自分たちの欲望を記憶した。彼が腰をきつく抱き寄せたとき遠くで警報が鳴り、ふたりは身を離した。ここは敵艦内であって、ひと晩中愛を交わす前に畑をさまよっているわけではない。

グンナーがコラの目をじっと見つめた。「待ってるから」

コラはうなずき、エレベーターの扉を開けた。通路に出てから最後にもう一度だけグンナーを振り返ったが、すでに扉が閉まったあとだった。誰もいない通路に注意を戻し、巨大戦艦内の迷宮を進み始める。機関室の近くまで来たとき、接近してくる声と足音が聞こえた。彼女は遭遇を避けるために横の暗い通路に身をひそめた。乗員が何やら小声で話しながら足早に通りすぎていった。彼らが行ってしまうと、コラはふたたび通路に出て機関室を目指した。

機関室では五名の作業員が仕事に没頭していた。〈王のまなざし（キングズゲイズ）〉のエネルギーレベルを監視中のようで、室内は反応炉モニターの光で明るく照らされている。コラは身をかがめて機関室に忍びこむと、キャットウォークに続く金属製のはしごを見つけて登っていった。足もとに注意し、眼下をうかがいながらキャットウォークを歩いていく。真下では複数の兵士が有機物をシャベルですくい、二列に並んだ六基の高温炉内に投入していた。炉に近づくにつれて光が強くなり、彼女はまぶしさに目をすがめながら進んだ。キャットウォークの一番奥に巨大戦艦の心臓部である動力源が見えた。後ろ手に縛られてひざまずく女性ヒューマノイドの形状をした巨大な像――カリだ。その頭部からは白い光を発する太い透明チューブがうねうねと伸びており、像からほとばしるエネルギーはそのまま壁の中に流れこんでいた。頭上を無言で通りすぎるコラに気づく作業員はひとりもいない。爆薬を仕掛けるためにどこへ行くべきか、彼女は明確にわかっていた。

　カリのすぐ近くまで達すると、コラは身に着けているポーチから爆薬を次々に取り出した。どれもカリに設置したとたんに作動するようになっている。タイマーの設定は七分。像の額に爆薬を装着したとき、カリが目を開けた。コラは彼女を見つめ返した。初めてその目を見たときの記憶がよみがえった。そこには悲しみと痛みが感じられた。コラがあまりによく知っている感覚。だが、幼いころはそれをどうすることもできなかった。コラはカリの顔に手を触れて目を閉じた。心の中で相手の声が聞こえ、存在を感じることができた。強大なエネルギーによって全身がちりちりとうずき、まるで夢を見ているかのように心が遠い場所に行った。心の中には、やっとのことでカリが自由の身になって床から立ち上がり、いましめが解けて落ちるさまがありありと浮かんだ。立ち上がったカリの身体は、機関室におさまりきらないほど大きい。コラは自分のものでない穏やかな声が心地よい調子で話すのを聞いた。

「それでいいのです、コラ。あなたがわたしを殺したくないことはわかっています。けれど、これ以外に方法がないこともわかっています。それゆえ、わたしもイッサのように、あなたを許します。いつの日か、あなたがわたしの姉妹たちを目覚めさせ、姉妹たちが報復すれば、それがわたしの復讐(ふくしゅう)になるのですから」

　コラは目を開けた。カリはまだこちらを見つめていた。カリの大きく見開いた目から涙がひとしずくこぼれた。コラが彼女に背を向けて歩きだそうとしたとき、はしごのほうから叫び声が聞こえた。

「おまえ！　そこのおまえだ……ここでいったい何を……」

キャットウォークの端に作業員がひとり立っていた。血で汚れたコラの顔と制服を見たとたん、彼は足を踏み出しながら銃を抜こうとした。コラは湧き上がる意志と憎悪のままに突進した。相手の股間を蹴り上げ、顔面にこぶしをたたきこむ。彼がのけぞったところへ、コラは拳銃を抜いて狙いをつけた。たった一発で作業員は絶命し、キャットウォークから真っ逆さまに落ちた。死体が床にたたきつけられ、作業していた兵士たちが頭上を見上げた。彼らの目がコラに集まる。彼女は次の動きをすばやく計算した。

残りの時間を考えながら、彼女はキャットウォークから飛び降りた。床に着地した瞬間に兵士たちが突進してきた。ひとりが彼女のポーチをつかみ、ストラップで首を絞めようとした。彼女は身体を旋回させ、兵士の腹にひじ打ちを放った。ポーチを手放した兵士をそのまま振り回し、首に銃を撃つ。次に飛びついてきた男とはパンチを応酬した。

機関室の現場責任者が信じられないといった顔でコラを見やると、通信装置に駆け寄った。彼がボタンをたたいて怒鳴った。

「侵入者警報！　繰り返す、侵入者だ！」

コラは騒々しいインターコムの声を無視し、パイプを振り回してきた作業員を蹴った。敏捷な動きで攻撃を避けつつ拳銃をかまえ、パイプを振り上げた男の胸に穴を三つあけた。男が倒れ、パイプが床に落ちて音をたてた。

インターコムに別の声がとどろいた。「こちらは通信士官だ。すぐに応援を送る。侵入者の特徴と人数は？」

コラが最後に残った作業員をブーツで踏みつけ、その頭を撃ち抜いたとき、現場責任者が舌をもつれさせながら応答した。

「女がひとりだけだ！　女がひとりで……」

コラは銃をかまえて引き金を引いた。額を撃ち抜かれた現場責任者がコンソールの上にぐったりと倒れこみ、モニター画面が血に染まった。彼女は拳銃をホルスターにおさめ、出口に向かって走った。爆発まで時間がない。


司令塔のメインブリッジでは、通信士官がもう一度機関室を呼び出そうとした。だが、もはや沈黙しか返ってこない。ノーブルが通信装置の前にすわっている士官に近づいたので、カシウスもあとを追った。

「今のはなんだ？」ノーブルがきいた。

通信士官が不審そうに通信装置をいじり続けている。「機関室で異変発生です。報告では、女がひとり艦内に侵入したと」

ノーブルが険しい目つきになった。その女が誰で、何をしたか、あたかも正確に把握したような顔だった。「アルテレーズがこの艦に乗っている」

カシウスは思わず提督を見た。「……それはありえません」

ノーブルの薄い唇の端が上がり、邪悪な笑みになった。

「いいや、あの女だ。あの女しかいない。アルテレーズがわれわれを追って来たのだ。全セクターに

警報を出せ。ただちに捕えろ」

カシウスはうなずきを返した。命令を実行するために行こうとすると、ノーブルが肩に手を置いてきた。

「こうなれば、カシウス、村はおまえが破壊しろ」

彼はノーブルの黒い目をまっすぐ見た。その奥には感情も何もない。自身の標的を捕獲するというこの新しい任務のためなら、邪魔者は誰であろうと殺すだろう。ノーブルはすでに血のにおいを嗅ぎ、その味を味わっているのだ。

「しかし、それでは穀物が……」

ノーブルが冷ややかな目で顔をカシウスの耳元に寄せた。「〝傷跡を刻む者（スカーギバー）〟がわれわれのもとに来たのだぞ。もはやあの村に用はない。タイタスのさらなる策略に身をさらす危険を冒すぐらいなら、兵士たちを飢えさせたほうがましだ」

ノーブルが不吉な笑みとともに顔を引いた。カシウスはまだ耳に熱い息と冷たい死の風を感じていた。ノーブルだけが得る報酬ひとつのためにそこまでするのは度がすぎると感じ、ひと言言わずにはいられなかった。

「ですが、地上にはまだわが軍の兵士がいます」

ノーブルが冷酷なまなざしで彼を見続けている。「人数が減れば、それだけ食糧に余裕ができるというものだ」

カシウスはじっとノーブルの目を見た。

「さあ、村を破壊しろ！」ノーブルが怒鳴った。

カシウスは悟った。これはなんらかの終焉(しゅうえん)だ。終わりを告げるのは自分の尊厳、おそらくは人生。

だが、まずは果たすべき命令があった。彼は死にたくなかった。今はまだ。

「提督のご命令を聞いたな。今すぐ指示を出せ！」

砲撃担当である女性士官がただちに反応した。「主砲に装填！」

カシウスは上官である提督の背中を見つめた。ノーブルと自分の個人的な利益のために、部下の命を犠牲にする……その事実を自分はずっと背負って生きていかねばならないというのに、ノーブルはいっさい気にもとめていない。これでなぜあの男は呪われないのだろうか。とにかく執権を喜ばせようとする彼の上昇願望は病的だ。カシウスは破滅を見届けるつもりだった。彼はその罰を受けて当然のことをするのだから。


グンナーはエレベーターを降り、急いで格納庫へ——とにかく記憶にあるかぎりにおいて格納庫だと思う方向へ——戻っていった。通路の先に、歩いてくる三名の将校の姿が見えた。今は彼らと敵対したくなかった……せっかくここまでうまく進んできたのだ。それに彼らと争う時間的余裕もない。

彼らに気づかれないことを願いつつ、奥行きのある戸口に身を隠した。呼吸を落ち着かせようとしたが、自分の鼓動が耳の中ではっきり聞こえる。近づいてくる靴音に耳を澄ましていると、彼らの会話が耳に入ってきた。

「待て。第二波には撤退命令が出た。提督が〈王のまなざし(キングズゲイズ)〉の砲撃で村を蒸発させることに決めた

んだ」将校のひとりが言った。

「本当か？　逃亡者どもを生け捕りにするという噂を聞いたが」

グンナーは遠ざかっていく将校たちを見送りながら、激しい動揺と恐怖を覚えていた。村人たちはインペリアムの兵士を相手に最後まで戦う覚悟だったのだ。巨大戦艦の主砲に対抗などできない。見知った人びとや家や何もかもが、ものの数秒のうちに消えてなくなってしまう。このことをコラに伝えなければ。グンナーは壁の角から顔を覗かせ、ほかに近づいてくる者がいないか確かめた。誰もいない。彼は携帯してきた無線機を取り出した。全身がパニックに襲われ始めた。もはやそれを隠すこともできない。

「コラ！　コラ！　ノーブルが主砲を地上に向けようとしてる。穀物はもうどうでもいいらしい。あいつは村を破壊したいんだ」

無線の向こうで短い沈黙があった。「爆薬はセットした。あと四分半よ」

「四分半？」

「いいから船の準備をして」

グンナーは隠れ場所からもう一度通路を覗き、誰もいないことを確認した。四分半はそれほど長い時間ではない。彼は奇跡が起こるのを祈った。

第九章

集会所の中にいる者たちにとって戦闘は外から聞こえる音だった。だが、それだけでも十分恐ろしい。戦えない村人たちは四方の壁をじっと見つめ、それが崩れ落ちてこないか、インペリアムの兵器で吹き飛ばされないか、とおびえていた。子どもたちは親のそばから離れようとしない。ネメシスは彼らの盾になるように静かに立っていた。いざというときが来たら、すぐに行動を起こす用意はできている。

そのときがついに訪れた。

封鎖してある扉という扉が強くたたかれ、大声が響いた。「おれたちはクリプト人の護衛隊だ。おまえたちがなんと言おうと、おれたちは中に入るぞ」

何度も木材が殴打され、亀裂が入るたびに村人たちは震え、子どもたちはすすり泣いた。ネメシスは足を広げて立ち、いつでも侵入者を斬れるように二本の剣をかまえた。クリプト人のひとりが「それ、今だ！」と叫んだとたん、正面の扉が壊れて開いた。

ネメシスの目の前に五人のクリプト人が飛びこんできた。彼らの顔には寛容のかけらもなく、集会所にいる村人ではとうてい太刀打ちできない武器を装備していた。戦略を練る間もなく、ネメシスは相手を皆殺しにするつもりで突進していった。クリプト人たちが銃をかまえ、彼女を撃ち始めた。彼女は剣を振るい、銃弾をすべて弾いた。護衛官のひとりが自分の剣を抜いてネメシスに三度斬りつけたが、彼女は三度とも剣で受け、金属と金属が当たるたびに火花が散った。ほかの護衛官が彼女を迂回して村人のほうへ近づこうとした。彼女は身体をくるっと回転させながら剣を振り回して彼の行く手をふさいだ。

ひとりが彼女の金属の左手をつかもうと試みた。彼女は腕を持ち上げ、右手の剣で相手の心臓を突き刺した。すぐに剣を引き抜くと、噴き出した血が彼女の顔に降りかかった。別のふたりが二手に分かれて襲いかかってきた。ネメシスが左右の剣をすばやく回転させると、ふたりは銃の狙いが定まらず、それ以上接近することもできなかった。

部隊で最も大柄な護衛官がウラキのようにのっそりと動いた。彼はほかの護衛官ほど無謀ではないし、度を失ってもいない。もうひとりを連れて後退し、集会所の隅で身動きできない村人たちを見渡し始める。その目がアリスとサムにとまった。

アリスとサムは親のいない子たちを何人か守っていた。年かさの子が幼い子を抱きかかえて目と耳をふさいでいる。大柄な護衛官が隣の男をひじでつつき子どもたちのほうに顎をしゃくったのを見たサムは、装塡したブランダーバス銃を手に一歩進み出た。彼女は恨みと憎悪のこもった目で片方の護衛官に狙いをつけると、ためらうことなく引き金を引いた。護衛官は胸を撃たれて背後に吹っ飛んだ。銃創から噴き出した血が床を濡らす。それを見た大柄な護衛官が威嚇するようにサムをにらみつけ、突進してきた。サムは銃に次弾を装塡するためによろよろと後退した。その指は震えていた。

アリスは子どもたちから目を離し、サムに迫ってくる大男を見た。彼女を守ろうと飛び出したとた

ん、ぎくりと足が止まった。相手の顔に見覚えがあった。目の前にいる大男こそ、アリスの家族の殺害に手を貸したクリプト人のひとり、バルバスだ。アリスはナイフを握った手に力をこめ、首の血管が浮き出るほど憤怒の雄叫び（おたけび）を上げた。

「おまえか！」

彼が叫んでも、バルバスは相手が誰なのか気づいていない様子だ。彼にはどの殺害も数ある殺害のひとつにすぎないのだろう。

バルバスが、かかってこい、とばかりにアリスに両手を広げてみせた。

アリスはナイフを振りかざして躍りかかった。

「生意気なガキめ」巨体の護衛官はあざ笑うように言うと、固めたこぶしを振るった。

アリスは大振りの遅いパンチを難なくかわし、アーマーに防護されていない太ももをナイフで切りつけた。バルバスがうなり声を上げ、アリスにアッパーカットを当てた。怒りを沸騰させたアリスは痛みによろめいたものの引き下がらず、態勢を立て直すとナイフを高くかかげて飛びかかっていった。バルバスも自分のナイフを抜いた。アリスはナイフを振り下ろし、相手の前腕の内側を深く切り裂いた。動きの鈍い大男は痛みに悲鳴を上げ、ナイフを握る手がゆるんだ。

アリスは全体重をかけて大男を床に押し倒した。護衛官はナイフを取り落としたもののアリスの両腕をつかみ、首に刃が届くのを防いでいる。アリスはその手を振りほどき、側頭部を殴りつけた。バルバスはその一撃を払いのけ、アリスの口に頭突きを見舞った。アリスの唇が切れて血が噴き出た。バルバスが武器を拾おうと床を手で探る。アリスはナイフを男の手のひらに突き刺して床に固定すると、怒声を上げながら反対側の手で側頭部を何度も殴った。手のひらからナイフを引き抜き、それを喉に突き立てる。アリスはナイフの柄を両手で握り直すと、その刃をバルバスの露出した肌に容赦なく突き刺さした。アリスが狂ったようにナイフを上下させるたびに護衛官の身体はびくんと動いたが、すでに彼の息はなかった。

血と肉片がアリスの身体や顔に飛んだ。子どもたちの泣き声も彼の耳には入っていなかった。サムが背後から抱きついて止めたとき、彼の全身は震えていた。サムに触れられ、彼はようやく両腕を下ろした。

「わたしはここにいるわ!」サムが彼を安心させようとして言った。アリスがしがみつくように彼女を抱きしめたとき、手や腕についた護衛官の血がサムの服や袖を汚した。「わたしはここよ。ここにいるから」

「あいつを仕留めた。あのろくでなしを……ぼくが殺した、家族のために……父のために」

「あなたはやったわ。もうこの男は放っておいて。わたしたちの戦いはまだ終わってない」

アリスは目を上げてサムを見るとうなずき、立ち上がった。外でまだ続いている戦闘の音が聞こえてきた。

タイタスはタラクと協力し、あらんかぎりの力をつくして橋を死守していた。全身が血と泥にまみれたタイタスは、インペリアム兵士の死体を橋の向こう側に投げ返した。タラクは片手に斧(おの)、片手にハンマーを持ち、倒れた敵兵の頭蓋骨を踏みつぶした。気がつくと石橋の上に敵兵がひとりもいなく

なり、ふたりは視線を交わした。だが、畑からはさらなる兵士たちが前進してくる。

「あそこ！」タラクが全身にふたたび緊張を走らせて叫んだ。指さした先にミリウスがいた。身をひそめている塹壕（ざんごう）の周囲に銃弾が降り注ぎ、集落のほうに走ってこられないようだ。タラクは助けに行こうと今にも駆けだそうとした。

「だめだ……」タイタスが苦渋の顔で言う。

「おれは行く」タラクが反抗の目を向けた。

「きみでは助け出せない！」

タラクがうずくまっているミリウスを遠く見やった。「ああ、ここにいたんじゃ助けられない」

タイタスは彼の腕をつかんだ。「敵はわれわれをここからおびき出したいんだ。ここはひとまず退いて、部隊を再編成しなくてはならん」

タラクがタイタスの持っている銃を示した。「そいつでおれを援護するか、おれが死ぬかだ。あんたが決めてくれ、将軍」

タイタスが顔をしかめて銃を取り出す。「これがすべて終わったら……」

タラクがうなずき、かすかに笑う。「いつかの夜に歌ってくれたあの歌を教えてくれ」

そう言うなり、タラクはミリウスが足止めされている畑へと走りだそうとした。そのとき、上空に飛来音がとどろき、ふたりは地面に伏せた。近くにあった小さな石造りの建物が爆破され、とがった石の破片が周囲に勢いよくばらまかれた。タイタスはタラクを振り向いた。

「行け！　急ぐんだ！」

彼は銃の狙いをつけ、タラクが畑に向かう通り道を空けるために撃ち始めた。兵士たちが石橋に向かってくる。タイタスはその少人数の分隊に真正面から対峙した。

石橋に突撃してきた分隊長にまず狙いをつけ、胸と首を撃ち抜いた。分隊長がのけぞって倒れ、すぐ後ろの兵にぶつかった。ぶつかられた兵士はよろめきながらも前に飛び出し、タイタスの顔をライフルで殴りつけてきた。口の中が切れて血を吐いたタイタスは怒りがさらに燃え上がった。相手の顔を手の甲で殴りつけ、その手からライフルをもぎ取ると、銃身を腹に深々とめりこませた。兵士は絶命して倒れた。

二名の兵士が左右からつかみかかり、タイタスは地面に押さえつけられてしまった。ひとりが銃で頭を狙ってきたが、タイタスがすばやく身をかわすと、銃弾が背後にいたインペリアム兵の胸に命中した。その一瞬を逃さず、タイタスは目の前の兵士のアーマーをつかんで引き寄せ、ヘルメットをかぶった頭を両手でつかんで思いきりひねった。首の骨が鈍い音を発し、兵士は稲妻に打たれた樹木のように倒れた。タイタスは立ち上がり、死んだ敵兵を悲しくも熱っぽい目で見下ろした。これが戦争なのだ。

畑のほうに目を転じると、銃を再装填しようとするミリウスにひとりの兵士が迫っていた。兵士がミリウスに銃口を向けたとき、タラクが飛びついて首をナイフで切り裂いた。兵士の胸をつたって流れ落ちた血は、目をぎらつかせるミリウスのすぐそばの地面で血だまりを作った。タラクが手を差し伸べた。

「さあ、行こう。おれたちは部隊の再編が必要だ」

ミリウスがその手を取って立ち上がる。ふたりはタイタスの待つ石橋へと走った。

「飛来物！」タイタスが叫び、タラクたちの背後を指さした。

装甲メカが発射したミサイルが彼らのほうへ飛んできた。直撃はまぬがれたが、タラクとミリウスは爆風によって吹き飛ばされてしまった。もうもうと巻き上がる土煙の中で装甲メカがタラクたちに照準を合わせようとしたが、それより早くふたりは大きくえぐられた塹壕内に転がりこんだ。

ミリウスがタラクを見た。「おれがあんたでも同じようにしたよ」

「わかってる。さあ、生きてここから出よう」

ふたりは塹壕の縁まで移動して外をそっと覗いた。別の装甲メカが彼らのほうへ迫ってきていた。そのとき、石橋の反対側から「見ろ！」と叫ぶ声が聞こえた。

タラクとミリウスは声にしたがって空を見上げた。〈王のまなざし(キングズゲイズ)〉が頭上はるかに浮かび、主砲の角度を変えていた。向けられた先は地上だった。

「戦艦が村を標的にしている！」タイタスが大声で言った。

「くそっ……」ミリウスが自分たちのほうを向いている砲口を恐怖の目で見上げた。「ここまでのすべてが無駄になるのか？」

「まだ終わったわけじゃない」

接近してくるメカが歩行用の四本脚で土くれや土埃(つちぼこり)を蹴り上げた。ふたりは顔を手でおおったが、目をすがめると、メカの後ろに二十名ほどの兵士が続いているのが見えた。遠くに目をやると、さらに多くの降下艇が空中を飛び、畑の奥に着陸してはアリの行列のように兵士たちを吐き出している。

とてもふたりの手に負えるような人数ではない。タラクは溝の底に落ちている銃と弾薬を見つけて拾い上げた。

ミリウスが塹壕内でへたりこみ、力なくうなだれた。「嘘だろ。またかよ。あんな大勢をどうやったら止められるんだ？」

「さあな。だが、考えてる時間なんかないぞ！」

装甲メカが彼らのほうにミサイルを発射し、塹壕のすぐ隣に大きな穴をうがった。内壁にたたきつけられたふたりは頭から土をかぶり、隠れ場所を失った。舞い上がった土埃が目隠しになっているうちに、タラクとミリウスは塹壕から這(は)い出し、破壊されて放置されている装甲メカのほうに走った。何発もの銃弾がふたりをかすめていった。頑丈なメカの陰に身を隠したが、こうなると敵の射線に入らずに逃げられる場所はほかにもうない。タラクもミリウスも銃を装填した。

タラクが空を見上げる。主砲がぴたりと村に向けられていた。

「おれは、戦いで死ぬことだけが自分の望みだと思ってたよ。何かのために戦うことだけが」

ミリウスが彼の肩に手を置いた。「よき人間たちの隣でね」

タラクは畑を見渡した。そこは死体と煙だらけだった。その顔にふと影がさす。

「おれはまちがってたみたいだ。本当を言えば、死にたくない。だが、もし死ななきゃいけないのなら……」タラクはミリウスに片手を差し出した。

ミリウスがその手を取ってほほ笑んだ。「いっしょに死のう」

巨大戦艦〈王のまなざし〉のとてつもない破壊能力を大きく受け持っているのは、最強ともいえる主砲〈王の剣〉である。主砲の狭い砲塔内では、砲員たちが新たな命令を遂行するために忙しく立ち働いていた。砲塔の正面には横幅三メートル、高さ六十センチの窓があり、そこから標的を見ることができる。主砲の装填を指揮する兵士が大声で告げた。

「装填完了、砲撃準備よし！」

砲手がうなずき、制御レバーに向き直った。それをつかみ、ロボットのように無感情で前に押し出した。二本の砲身が下方に向きを変えていく。砲手がちらりと見た画面には、村のホログラム画像が映し出されている。標的だ。熱源探知映像が人間の集まっている場所を示す。砲員たちと同様に硬い表情をした砲撃士官が砲手の肩ごしに標的を見下ろした。「準備はいいか？」彼女がきいた。

「砲撃せよ」

「標的を捕捉」

そのとき砲塔の出入扉の向こう側で銃声がとどろき、叫び声が上がった。士官と砲手がさっと振り向いた。

扉を蹴り開けて飛びこんできたのはコラだ。彼女の背後では死体が床に列をなしていた。砲手が驚愕の目を見開いた。

「いいから砲撃しろ！」士官が怒鳴った。

砲手が発射トリガーを引く寸前、コラは彼の頭に銃弾を撃ちこんだ。砲手は椅子にすわったまま力なく倒れ、頭が制御レバーにぶつかった。士官がコラを凝視しながら腰の銃に手を伸ばす。コラは完壁な射撃で士官の胸に三発命中させ、ほかの砲員もひとり残らず射殺した。

　コラは砲手の死体を椅子から乱暴にどけると、制御レバーを握った。憎悪に満ちた彼らのまなざしを彼ら自身に向けさせるのだ。


　死の予感によって村全体が恐怖に包まれていた。巨大戦艦の主砲が村に向けられたとき、何もかも終わると思われた。ところが、村を標的にした砲撃が始まるとなぜか集落には着弾せず、畑の中を進みつつあったインペリアム兵団を吹き飛ばした。その衝撃によって、雨粒が水面に落ちるときのように大地に冠状の巨大な波紋が広がった。インペリアム兵団と降下艇の群れは一瞬にして粉砕された。土煙がもうもうと立ちこめ、あらゆるものをおおいつくしていく。濃い煙と土埃の中ですべてが静止したように見えた。

　ミリウスとタラクは咳きこみ、目をこすった。

「何が起きたんだろう……あいつら、全滅したのかな？」

　タラクが目を細めて遠くを透かし見てから、表情を暗くした。「いいや……信じられないことに、まだいるぞ」

　破壊の余韻がおさまってくると、一台だけ残っている装甲メカの輪郭がかすかに見えた。砲撃から命拾いしたインペリアム兵が少なくとも十名はいる。タラクはミリウスの腕をつかんだ。

「逃げたほうがよさそうだ。おれたちは見つかったらしい」メカのカノン砲がふたりのほうを向いていた。

「あれは……」ミリウスが土煙の中に見え隠れする別の影を指さした。まるで異なるマシンが起動するような機械音が聞こえた。

あらわれたのはジミーだった。だが、初めてヴェルトの地を踏んだときの彼とは外見がまったくちがう。羽織った長いマントが背後にはためき、顔のプレートには戦闘用のペイントがほどこされている。手に持っているのは、先をとがらせたシカの角だ。

ジミーはインペリアム兵の残党たちの真ん中に飛びこんでいった。兵士たちは彼に向けて発砲したが、その金属のボディは銃弾などものともしない。彼は自作した角の武器を振り上げると、森に棲む獣の獰猛さとマシンの正確さで敵をひとりずつ突き殺していった。ジミーは覚醒し、まったく新しい存在に変身を遂げたようだ。彼が通ったあとの地面には人間の手足、内臓、血や肉片が散乱し、埃っぽい空気には兵士たちの悲鳴が響き渡った。

ミリウスとタラクはその光景を信じられない思いで見つめていた。タラクがミリウスをひじでつついた。

「おれたちもお楽しみに加わろう」

ミリウスがにやりと笑い返し、銃をかまえた。ふたりの戦士は装甲メカの残骸の背後から兵士たちを狙撃し始めた。インペリアム兵たちはどこから攻撃されているのか位置を特定できないようで、ただ四方を見回すだけだった。ほどなく歩兵は銃弾と角の先端によってひとり残らず命を奪われた。あとに残ったのは装甲メカだけだ。メカがジミーのほうに向きを変え、攻撃準備に入った。ジミーがメカの砲身に飛びつき、その砲口を地面に向かせた。カノン砲が火を噴き、足もとの畑に大きなクレーターができたが、その衝撃でジミーは片腕がもげてしまい、金属の腕が畑に飛んで落ちた。それでも彼は装甲メカのボディをよじ登り続けた。一番上まで達すると、金属ハッチをめりめりと難なく引きはがし、機内に入った。

　ジミーが飛び降りると、メカを操縦していた二名の兵士がびくっと振り返った。ふたつの光る目を見て彼らが驚いた次の瞬間、ジミーは角をひとりの兵士の口に突き刺した。兵士は口から大量の赤い血を吐きながら白目を剝(む)いた。もうひとりの兵士が拳銃を何度かつかみそこねてから抜いたが、彼女は圧倒的に俊敏さが足りなかった。

　ジミーは拳銃をたたき落とし、彼女の胸に固定された手榴弾(しゅりゅうだん)のピンを引き抜いた。

「そんな！　そんな！」

　叫びながら手榴弾をベストからはずそうとする彼女を尻目に、ジミーはメカの外に跳躍して地面に降り立った。数秒後、四本脚の戦闘マシンは爆発とともに炎に包まれ、赤熱した破片を畑にばらまいた。ジミーはすっくと立ち、破壊の様子を見つめていた。

　タラクはその光景に歓喜の大声を上げ、ミリウスの背中をたたいた。

「おれたちにはまだ希望があるかもしれないぞ！」

　ネメシスは足もとに伝わってくる砲撃の振動から、集会所の外の戦闘を感じ取っていた。二名のクリプト人が剣を抜いて彼女に向かってきた。ネメシスはひとりの攻撃を剣で受け止めたが、思わず苦痛の悲鳴を上げた。もうひとりの剣で背中を切り裂かれてしまっていた。彼女の上体が弓なりになっ

たとき、目前の護衛官が長い刃を一閃(いっせん)し、彼女の金属の手が片方斬り落とされた。ネメシスの目は憤怒で燃え上がった。傷の痛みを無視し、残ったほうの剣で相手の腹部を突き刺した。すかさず剣を引き抜くと、さっと振り回してもうひとりの胸に斬りつけた。彼女がとどめを刺そうと踏み出したとき、身を回転させた護衛官の剣がネメシスの胸を貫いていた。ネメシスは口を開けたが、喉で息がつまった。

自分の英雄がやられる瞬間を目(ま)の当たりにしたエルジュンが叫び声を上げた。彼はナイフを握って子どもたちの輪から飛び出した。子どもの足で出しうるかぎりの速さで集会所の中を突っ切ると、護衛官の脇腹にナイフを突き刺した。肋骨(ろっこつ)の直下を刺された護衛官は動揺を見せつつも、情け容赦のない目でエルジュンを見下ろした。少年は歯を食いしばり、刺したままの刃先を強引にねじった。護衛官の絶叫を聞きながら、エルジュンはナイフを引き抜いた。その勢いで噴き出した血しぶきが顔にかかるのもかまわず、ふたたびナイフを振りかざし、護衛官を刺した。

ネメシスは胸に突き刺さった剣が邪魔で動けず、口から血をこぼしながら少年をただ見ているしかなかった。

護衛官がエルジュンの首を片手でつかみ、そのまま宙に持ち上げた。少年は細い脚を空中でばたつかせ、水から揚げられた魚のように口を開閉して空気を求めた。顔がみるみる青ざめていく。

「小僧、おまえも殺してやる!」護衛官がうなった。

ネメシスはエルジュンを一心に見つめた。護衛官に首を絞め続けられ、彼の脚の動きが鈍くなり始めた。ネメシスは胸に刺さった剣を自分の肉体に深く食いこませることでエルジュンに近づいた。最後の力を振りしぼって護衛官の脇腹からナイフを抜き、それで彼の喉をかき切った。ぱっくりと開いた傷から血があふれ、護衛官はエルジュンを手放した。少年は床に落ちて激しく咳きこみ、むさぼるように空気を吸った。侵入してきたクリプト人の最後のひとりが死んだので、集会所にいる村人たちはネメシスとエルジュンを手当てしようと駆け寄った。

エルジュンが泣きながら床を這い、ネメシスに近づいた。彼女は疲れ果てたように目を半分閉じ、かろうじて生にしがみついている。

「わたしの子……あなたは本当に誇り高く戦った」

彼女は残った金属の片手を首の後ろに回し、かつて娘のものだった首飾りをはずした。それをエルジュンの血まみれの手に握らせた。

「これは今からあなたのもの。いつも誇りとともに戦うのよ」

エルジュンはうなずいた。

ネメシスは少年の目をまっすぐ見つめ、愛と安らぎの中で息を引き取った。

ノーブルとカシウスは司令塔内で、ヴェルトの壊滅状況が報告されるのを待っていた。

「あれはどういうことだ？」

ノーブルのつぶやきを耳にし、カシウスは彼の視線を追った。窓から見える主砲の砲塔が旋回し、砲口が司令塔に向きつつあった。カシウスは通信士官に駆け寄った。

「砲手はいったい何をしている？　何が起きているのか調べろ」

「イエス、サー」士官が通信装置のスイッチを入れた。「〈王の剣〉。現在の状況を報告しろ」

応答はない。

ノーブルが砲塔を見つめた。何が起きているのか、誰のせいなのか、彼にははっきりわかっているようだ。

「わたしの邪魔ばかり……」

吐き出すようにつぶやくなり、彼はエレベーターに走っていった。ちょうど進路にいたカシウスを無言で突き飛ばしながら。

カシウスは、ずっと変わらず忠誠をつくしてきた相手が自分をまるで外世界の平民のように置き去りにするのを声もなく見つめた。砲塔を振り返ると、司令塔のほうへ向きを変える動きがいっこうに止まらない。カシウスもエレベーターに向かって駆けだした。

ほかの乗員たちは砲塔の動きと走っていくノーブルを見ながら立ちつくしていたが、たちまち大声を上げながらいっせいにエレベーターに走った。

カシウスがエレベーター扉に到達したとき、すでにノーブルはエレベーター内の中央に立っていた。その目は砲撃への恐怖と自分だけ逃げようとする利己心でガラス玉のようだった。カシウスは閉まりかけている扉を両手でこじ開けようとした。「提督閣下……」

ノーブルが銃を引き抜き、カシウスの顔を撃った。カシウスは倒れ、エレベーターの扉が無情にも閉まった。

コラは司令塔全体が大爆発を起こして炎と煙が噴き上がるのを見た。司令塔だったものが無数の破片となって落ちていくさまを見ていると、不思議と感覚が失われていくようだった。これで終わりになることを、そして、まき散らされた破片の中にノーブルが含まれていることを、彼女は心から祈った。だが、本当に安堵（あんど）できるのは、ノーブルが永遠によみがえらないと確信できてからだろう。

村の畑にはまだ土煙が立ちこめていた。

上空に異様な音がとどろいた。巨大な金属破片――戦艦の司令塔の残骸――が雲を突き抜けて地上に落下し始めていた。それを見た村人たちが歓声を上げた。

タイタスが叫んだ。「あれはコラだ！」

それはこの戦争で初めて彼が勝利への希望を感じることができた光景だった。

「どうか連中を全滅させ、無事に戻ってきてくれ」

タイタスは空を見上げながら、そうつぶやいた。

第十章

　コラはわずかな残り時間の中で必死に動いていた。早く戦艦から脱出しなければならない。砲手の席から立ち上がり、制御装置を銃で破壊したのち砲塔の出口に走った。通路を全速力で駆け抜け、反対側にあるエレベーターまでたどり着いた。そこで無線機が鳴った。

「コラ、今どこだ？　反応炉が爆発するまでもう時間がないぞ」グンナーの声だ。

「もう少しで着く」

　エレベーターが彼女のいる階床で停止した。扉が開くと、中にはクリプト人の護衛官たちが立っていた。彼らがただで行かせてくれるとは思えない。護衛官たちの身体はコラの二倍ほど大きく、それぞれ剣を帯びている。コラは彼らを見すえると、迷うことなく突進していき、立て続けに引き金を引いた。銃弾を逃れて向かってくるひとりに体当たりを食らわせ、武器を握っている相手の腕をつかんだ。盾として利用すべく、大男の身体をくるっと半回転させる。ほかのふたりが放った銃弾を護衛官の巨体で受けると、コラは膝をつき、彼らの脚と胴体を狙って銃を撃った。ふたりの護衛官は同時に倒れた。

　最後のひとりが大きな歩幅で突進してきて、青く光る剣を振るった。彼女は身をかがめてかわすと同時に銃口を彼の顎に突きつけ、引き金を引いた。護衛官は頭頂部から赤いしぶきを放出しながら、コラの足もとに倒れこんだ。彼女は通路の照明の下で青く輝く剣を見下ろした。剣は今なお灼けつくような熱とエネルギーで振動し、鋭い低音を発している。その剣を護衛官の手からもぎ取り、エレベーターに向かう。柄を握っていても手のひらが焼けるようだった。死んだ護衛官の制服から布を破り取り、自分の手にぐるぐると巻きつけた。剣を振ると、その重みが感じられた。コラは剣に満足すると拳銃をホルスターにおさめ、エレベーターで格納庫を目指した。


エレベーターが停止し、扉が開いた。コラはその場を動かず扉の外を見た。

格納庫にノーブルが立っていた。片手にクリプト人の剣、片手に拳銃を握っている。

彼の三十メートルほど後方にグンナーの姿が見えた。あそこまでたどり着けば脱出できる。

ノーブルが目に異様な光をたたえ、彼女のほうに剣先をまっすぐ向けた。

「おまえはすでに包囲されている」

コラはエレベーターを降り、ゆっくりとした歩調で格納庫に足を踏み入れた。銃をかまえたインペリアム兵が真横に左右ひとりずついるのを視界の隅で認めたが、視線はノーブルから一瞬たりともはずさない。ノーブルもコラのほうに歩きだし、口の端をゆがめて笑った。

「武器を捨てろ」

コラは拳銃のホルスターをはずして落としたが、剣はしっかり握ったままでいた。ノーブルが独りよがりの満足を表情に浮かべ、さらに一歩近づいてくる。

「わたしの降伏勧告に応じなかったおまえには感謝すべきかもしれないな。戦闘でおまえを殺したほうが、わたしを讃(たた)える歌がよりすばらしいものになる。先ほどの砲撃はなかなかよい試みだった。あの疲れきった農民どもに期待された以上の働きだろう。だが、おまえは知っておくべきだったな。この艦は司令塔がなくても動かせるのだ」

コラはカリに取りつけた爆薬が爆発するのを待ちながら、その思いを表情に出さずに彼をじっと見つめた。見返すノーブルの視線がわずかに揺らいだ。彼女が落ち着き払っている理由を表情から探ろうとするかのようだった。そのとき、耳をつんざくような爆発音が立て続けにとどろき、巨大洞窟のような格納庫内に反響した。ふたりの足もとで床が振動し、格納庫全体が揺れた。狼狽(ろうばい)を見せて後ずさるノーブルに、コラはようやく口を開いた。

「でも、エンジンがなくて動かせる？」

それを聞いてノーブルが目をかっと見開き、いきなり突進してきた。どこか近くで銃声が二発とどろいた。コラの左右にいた二名の兵士が倒れた。ノーブルもコラも銃弾の出どころを探して周囲を見回した。ノーブルの背後にいるグンナーが銃をかまえていた。コラはグンナーを見やり、すぐに視線をノーブルに戻した。彼はすでにグンナーに拳銃を向けている。コラはノーブルに向かって疾走した。発砲は阻止できないだろうが、体当たりで狙いをそらせるかもしれない。だが、遅かった。ノーブルが引き金を引いた。グンナーが床に倒れこみ、その胸に真紅の花が咲いた。

「グンナー！」

コラは叫び、ノーブルに襲いかかった。拳銃を持つ彼の手を剣の柄頭(つかがしら)で殴りつけた。彼が拳銃を取り落としたので、すかさず剣で突き刺そうとしたが、その前に彼が飛びすさった。コラとノーブルはたがいに青く輝く剣をかまえ、ぐらつく床の上でバランスを取りながら、ゆっくりと輪を描くように動いた。巨大戦艦の艦首がヴェルトのほうに傾き、足もとが刻一刻と安定を失っていく。床の傾斜がみるみる大きくなり、装置や部品が斜面を転がり始めた。常に足を動かしていないと、すべり落ちてしまいそうだった。

ぐったりとしたグンナーの身体が床をすべり、壁にぶつかった。床には血の帯が残された。艦全体がゆっくりらせん状に回転しながら落下しており、床が今や壁になった。コラとノーブルが同時に剣を振るい、激しくぶつかった刃と刃が大きな音をたてた。彼女は渾身(こんしん)の力で剣を押し、相手の剣を落とすか、致命的な傷を与えようとしたが、ノーブルの戦闘スキルとパワーは前回戦ったときよりも増強しているようだ。

「おまえはあきらめることを知らないな、アルテレーズ。かつてバリサリウスの寵愛(ちょうあい)を受けた理由がわかるようだ」

「わたしはあきらめない、あんたが死ぬまで！」

コラが大きく前に踏み出したとき、艦がさらに回転し、ふたりは天井だった場所に立って戦った。固定されていない装備類がふたりのまわりを跳ね回って騒音をたて、格納庫内に警報音が鳴り響く。〈王のまなざし(キングズゲイズ)〉が空中分解して地上に激突するのも時間の問題だ。

ノーブルは沸騰しそうな感情を抑え、歯を食いしばりながら剣を振った。もはや頭には、血まみれで死ぬ彼女を見ることしかない。ノーブルは剣を振り上げては下ろし、コラは足場を確保しながら剣で受け続けた。

ふいに彼女の手がすべり、剣を床に落としてしまった。こうなれば足もとの不安定さを利用するほかない。彼女は一瞬の機会に賭け、ノーブルが身体を回転させて剣を振るってくるのを見るや、すばやく身をひねって彼の顎にひじを打ちこんだ。

その一撃でノーブルはのけぞり、床に倒れこんだ。コラは自分の剣を探した。見ると床をすべり落ち、意識を失いかけているグンナーに近づいていく。胸の銃創から出血の止まらないグンナーはかろうじて目を開け、すべってきた剣をつかんだ。

床から起き上がったノーブルがコラの腹に強烈なパンチを打ちこんだ。コラは一瞬ひるんだが、すぐにノーブルの頭部を両手でつかんだ。ふたりいっしょに足もとをふらつかせて倒れたところで、彼女はノーブルの頭を力まかせに床にたたきつけた。彼がコラの腰にどうにか両脚を巻きつけ、そのまま頭上に放り出した。飛ばされたコラは床に激しくぶつかった。彼女が起き上がろうとしたときにはすでにノーブルが襲いかかり、彼女の首に腕を巻きつけていた。首を締めつけられて息が苦しくなったコラは、彼の腕を引っかいた。彼女は空気を求めて口を開け、今にも白目を剝きそうだった。

紅潮していく彼女の顔を見て、ノーブルが醜悪な薄ら笑いを浮かべる。

「見ろ。結末はひとつしかありえないのだ」

コラを殺すことに没頭するあまり、ノーブルはグンナーがよろよろと床から身を起こしたことに気づかなかった。グンナーはコラの剣を握り、切っ先を引きずるようにしてノーブルに近づいた。一歩進むごとに彼の口からは血が吐き出された。

「さらばだ、アルテレーズ。できれば、おまえがこれを楽しんで……」

ノーブルが急に言葉を失い、自分を見下ろした。胸からコラの剣が突き出ていた。ノーブルの腕がだらんと下がり、コラはその手から逃れた。ノーブルが剣先に触れ、しわがれた弱々しいうめき声をもらした。グンナーがまるで一トンもあるかのように自分の足を苦労して持ち上げ、ノーブルを踏みつけた。ノーブルは格納庫に横たわったまま、目の前で瓦解しようとしている戦艦を見ているしかなかった。

コラは剣を手に取った。二度とノーブルの顔を見なくてすむよう、その首を斬り落とした。

彼女は四つんばいでグンナーに近寄った。彼は胸の傷のせいでもはや立っていられなかった。

巨大戦艦〈王のまなざし(キングズゲイズ)〉は最期を迎えつつある。脱出しようとする乗員の叫び声や、降下艇の下敷きになった者の絶叫が聞こえる。大型の機械装置があらゆる方向から落ちてきて、宙を舞った。きりもみ状態でヴェルトへ落ちていく艦の速度が速まった。どうにかして降下艇に乗りこんだ者たちがベイから飛び立っていく。

コラはグンナーの傷を見下ろし、それから彼が必死に閉じまいとしている目を見た。

「あなたといっしょにここで死ぬわ」

コラは目に涙を浮かべて告げた。彼の顔をなで、唇にキスをしたとき、ふたりの下で床が大きく振動した。驚いて右側を見やると、固定のゆるんだ降下艇が一隻すべってきてふたりのすぐそばの壁にぶつかって止まった。彼女はもう一度グンナーを見るなり、跳ぶように立ち上がり、彼の身体を降下艇のほうへ引きずっていった。彼を乗降口の中に引っぱりこむなり操縦席に飛びつく。一瞬でエンジンを起動させ、操縦桿を力いっぱい動かすと、降下艇は格納庫から急発進した。機体が激しく揺れ

た。空中で大きな破片に衝突してしまい、制御不能になった降下艇はスピンしながら落下し始めた。

　コラは暴れる操縦桿をしっかり握りしめた。地上に激突して炎上する事態だけは避けたかった。できるかぎり着陸態勢に近づけねばならない。グンナーには助けが必要で、それは一刻を争う。村が眼下に迫ってきたとき、彼女は操縦桿を思いきり引いた。機体表面に損傷があるらしく、窓の外が煙でかすんでいる。降下艇は浅い角度で畑に勢いよく突っこみ、炎とクレーターだらけの地面を弾むようにすべっていった。コラは機体のバウンドとともに上下するグンナーを見やった。石橋の手前まで近づいたところで、機体はようやく停止した。コラは急いで席を離れ、乗降扉を開けた。手遅れでないことを心から願いながら、グンナーの身体を降下艇から引きずって降ろす。ようやくここまでたどり着けた。上空では巨大戦艦がばらばらに破壊されていく。〈王のまなざし〉とノーブルはこの世から永遠に消え去ったのだ。

　コラは瀕死のグンナーを抱きしめた。どうにか意識を保たせようと、その頬に触れる。彼女の目に涙があふれ、頬にこびりついた土埃（つちぼこり）と血と混じりながら流れ落ちた。

「だめ。死んじゃだめ。わたしの目の前で死なないで！　わたしはこの村で未来を見つけた。その未来には、あなたがいっしょにいてくれないとだめなの」

　グンナーは血にまみれた口に小さな笑みを浮かべ、彼女の頬をつたう涙に指を触れると、そっとぬぐった。

「きみにはすてきな未来が待ってる。それを生きるんだ……ぼくたちふたりのために。どうか約束してくれ」

彼女は泣きながら首を振った。

「嫌よ、あなたにいてほしいの。わたしはずっと誰かに言われるままに、誰かに命じられるままに行動して生きてきた。もうそんなのはうんざり。あなたに生きていてほしい。どうしてわたしの望みはかなわないの？　たったひとつの望みなのに！」

空を見上げると、戦艦から脱出した降下艇の群れが攻撃隊形を取っていた。グンナーが咳きこんで血を吐き、胸が小刻みに上下し始めた。コラは空から彼に注意を戻した。つないでいるグンナーの手にコラの涙が落ちた。

「きみがやったことを見てごらん。ぼくたちを救ってくれた。きみはみんなを救ってくれたんだ。愛してるよ……きみが何かをしてくれたからじゃなくて、そのままのきみを愛してる。きみは暗闇の中の光だ。それをけっして忘れないで」

コラはすすり泣き続けた。心の痛みはどんな拷問の痛みよりもつらかった。口を開いたが、言いかけた言葉は嗚咽となって喉につまった。彼が残された精いっぱいの力で手を握ってきた。その声は乾いたささやき声になっていた。

「いいんだ……言葉を返さなくても……きみのことはよくわかってる……愛してるよ」

彼女がふたたび何か言おうと口を開いたとき、頭上から船団が轟音を発して降下してきた。ふたりのまわりで土煙が舞い上がる。これで終わりなのだと思いながら、コラは顔を上げた。だが、目に映ったのはインペリアムの船団ではなかった。機体に所属マークのない彼らは、まだ地上に残っているインペリアム兵たちを攻撃し始めた。

　コラの背後で歓声が上がった。振り向くと、タイタスとタラクとミリウスがこの未知の味方に向かってこぶしを突き上げている。アリスが隣に立つサムに手を回し、空を見上げている。その目は驚きで大きく見開かれ、涙が光っていた。

　村人たちもそれぞれの持ち場や隠れ場所から姿をあらわし、新たな戦いを見上げた。村を攻撃する態勢に入っていた降下艇の群れは未知の船団と空中戦に突入し、一隻また一隻と撃墜されていく。降下艇の編隊は散開し、予想外の相手を回避しようとしたが、遠くまで逃れることはできなかった。所属マークのない船の一隻が空中戦から離脱し、畑に着陸した。コクピットから降り立ったのは、デヴラ・ブラッドアックスだった。

　片手に剣、片手に銃を持ったデヴラは見るからに血気盛んで、村に迫るインペリアム兵たちに向かって猛然と走っていった。畑で身をさらしている敵を次々に銃撃し、近づいてきた者は剣で容赦なく切り刻む。彼女はふたつの武器を休むことなく繰り出した。数分もたたないうちに、デヴラは血と泥にまみれた。彼女は敵のひとりに殴られて地面に倒されたが、彼に発砲の暇も与えずにその両膝を一刀両断にした。兵士は苦痛の叫び声を上げながら地面でのたうち回った。デヴラは立ち上がると、彼の眉間に銃弾を撃ちこんだ。彼女の背後では、反乱集団の船が地上の兵士を上空から狙い撃ちにしている。兵士たちは宙を舞い、即死していった。

　コラは安堵で身を震わせた。「見て。デヴラ・ブラッドアックスと反乱集団の船が来てくれた。これで……これで本当に終わりよ」

　グンナーから返事はなかった。コラは彼の青い瞳を見下ろした。目を見開いているが、もはや鼓動も呼吸もない。彼女はぎゅっと目を閉じ、歯を食いしばりながらグンナーを抱き寄せた。彼の頭が力なくコラの胸にもたれかかる。

「愛してる。愛してるわ、グンナー」

ヴェルトの広大な畑は今も燃え続け、煙を上げている。コラはその光景をじっと見つめた。反乱にはいつだって損失という代償がともなう。そして、あとに残されるのは自由と尊厳だ。


赤く染まったヴェルトの大地を赤い夕陽が照らしている。畑では葬送のための巨大な火柱がいくつも上がっていた。炎の中心には支柱が立てられ、それぞれ戦死者たちの旗がかかげられている。立ちのぼる煙は天にそそり立つキャンドルのようだ。

ハーゲンが炎の前に立った。左右にはコラとミリウスが並ぶ。

「彼らは別々の世界から集まった。わしらのために戦い、そしてわしらのために死んだ。ビョルから来たネメシス。わしらの土地で生まれたデンとグンナー。かつてないほどの勇気を示したすべての者たち。この地で失われた命に、ほかの世界で失われた命に、マザーワールドに屈服することを拒んだすべての人びとに……どうか安らぎがもたらされんことを」

ハーゲンが声をつまらせ、涙をこぼした。炎が支柱を這いのぼり、戦士たちの勇敢さを讃えるためにサムが愛情をこめて手作りした旗が燃えていく。ハーゲンが喉のつかえを取ってから言葉を続けた。

「わしらは自分たちにできるただひとつのやり方で、彼らの栄誉を讃えよう。それは、次に作物を収穫するときに彼らの名前を思い出すことだ。その次の季節の収穫でも、季節が百回めぐったあとの収穫でも……」

彼は涙と鼻水をぬぐった。

「……彼らの名を胸に刻んでおこう。ずっとずっと、いつまでも」

エルジュンがネメシスから受け継いだ首飾りを首にかけ、泣きながらこうべを垂れた。その隣にはサムが立ち、アリスの肩に頭をあずけている。村中の者が石橋の前に立って炎を見つめ、村を守るために戦って死んだ人びとに敬意を表した。集会所の上には、生き残った戦士たちの旗が風になびいている。

コラはグンナーの上着を身に着け、虚ろな目で炎を見つめた。ネメシスの遺体と剣が炎に包まれ、ぱちぱちと火花を発した。

デヴラがコラを振り返った。「あたしは後悔してる。ダリアンの言ったとおりだった。弟の判断はいつだって正しかった」

コラは彼女の目を見た。「でも、肝心なときに、あなたは来てくれた」

「いいや。肝心なときじゃなく、もっと早く来るべきだった。あたしはあんたらから勇気について学ぶことがたくさんあるようだ」

デヴラがミリウスのほうを向き、肩に手を置いた。

「たぶん、中でもあんたからは特に。あたしらが強さを示せなかったとき、あんたはそれをやってのけたんだから」

コラは炎を見続けた。ひと筋の涙が頬をつたった。その顔には、戦闘中に隠し通していた感情があらわになっていた。彼女は静かに告げた。

「名誉と勇気について語るなら、わたしのことは口にしないでほしい。わたしは、みんなに嘘をついてた……。タイタス、わたし……」

彼女が将軍を見やると、彼の目は思いやりにあふれ、口元には穏やかな笑みが浮かんでいた。

「知っていたさ、きみのことなら」

「知っていた？　わたしが執権バリサリウスの養女アルテレーズで、イッサ王女を暗殺した犯人だということを？」

タイタスの目は炎に照らされて輝いていた。「ああ、きみの名前は知っている。だが、きみは王女の暗殺犯ではない」

コラはその言葉に困惑し、真意を知ろうと彼の顔を探った。

「なぜなら……イッサ王女は生きているからだ」彼が告げた。

彼女は強くかぶりを振った。「でも、わたしがこの手で……」

タイタスがおもしろがるような笑みを浮かべた。「あの王女さまの命をそれほど簡単に奪えると思っているのか？　いいや……あの方の能力を見くびってはならんぞ」

コラは唇を震わせた。彼女は目を閉じた。過去のさまざまな光景が脳裏を駆けめぐった。王女が小鳥を生き返らせたときのことも……。コラは目を開けた。

「わたしはどうすればいいの？」

「今のきみには理由がある。ちがうか？　王女を捜し出す理由が。連中と戦う理由が」

コラは腰の拳銃に手を触れた。

「あんたが戦うことを選ぶなら、あたしが味方するよ」デヴラが言った。

コラはうなずいた。ミリウスがちらっとタラクを見ると、サマンドライの王子も同意のうなずきを返した。「おれたち全員がな」

「もちろん、わたしもだ」タイタスが言った。

深い感謝とともにコラは彼を見つめた。「ありがとう、タイタス」

タラクが横から言う。「それでこそ、おれたちのタイタス将軍だ」

機械駆動の足音が聞こえてきたので、一同がそちらを見た。

「もしもわたしでお役に立てるなら……」近づいてきたのはジミーだった。血のついたシカの角をかかげてみせた。「わたしにはこれがあります。とても便利な武器です」

タラクが笑いながらジミーの金属の背中をたたいた。「ロボットよ、おれたちとともに戦い、そして消息不明の王女を見つけたいのか？」

「もしもあなたたちの言葉が真実で、イッサ姫が生きておられるのであれば……選択の余地はありません。わたしは討たれし王の血統に仕える身。戦うことはわたしの誉(ほま)れです」

コラは頭上を見た。赤い火の粉と灰が風に運ばれ、空へと舞い上がっていく。あたかも広大な宇宙に浮かぶ遠い星々のようだ。彼女は弱まりかけている火柱に目を戻した。このヴェルトの村に残されるのは、ただ記憶だけ。

「ええ、王女を見つけましょう。そして、やつらと戦いましょう」コラは言った。

村に住む十歳にも満たない幼い少女が進み出た。大きく息を吸い、歌い始めた。

はるか遠く　故国がわたしに呼びかける
果てしない野を越え　わたしの心は飛んでいく
魂の炎を燃やし　あなたのあとを追い
魂の炎を燃やし　わたしは果てるでしょう
はるか遠く　故国の叫びが聞こえる
空はたそがれ　彼女の吐息に雷鳴が重なる
魂の炎を燃やし　あなたのあとを追い
魂の炎を燃やし　わたしは果てるでしょう
はるか遠く　あなたの魂がさすらう
けっして手の届かない　星々の下
あなたを遠く旅立たせましょう
わたしの心から　わたしの故郷から

誰もが沈黙し、涙を流しながらただ耳を傾けている。大きなかがり火が死者の肉体と旗を飲みこみ、舞い上がる火の粉と煙が夜空と混じり合った。

　執権バリサリウスは壮麗なステンドグラスを見上げる部屋に立ち、着替えをしている最中だった。窓から射しこむ色つきの光に照らされながら、彼自身は何もせずにただ胸を張って顎を上げ、灰色の壁を見つめていた。従者たちが最も贅沢（ぜいたく）な王室式典用の衣装を彼に着せていく。チュニックを頭からかぶせたあと、金の刺繍（ししゅう）の入った重いケープを羽織らせたところに、心配顔の武官が足早に入ってきた。彼はバリサリウスの前に立つと、ごくりと唾を飲みこんだ。

「執権閣下」

　バリサリウスが彼を一瞥（いちべつ）し、人さし指を立てる。

「しばし待て。この瞬間がこたえられぬのだ」

　そう言って頭を低めると、従者の手で黄金の月桂冠がのせられる。バリサリウスは目を閉じ、自分が宇宙で最も重要な人物として扱われることをあますところなく楽しみ、自分がそのような存在であることを心から実感した。月桂冠が頭に固定されると、彼の唇に満足の笑みが浮かんだ。頭を上げて背筋を伸ばすと、ゆっくりと目を開けた。彼はまるで王のように立っていた。その視線を武官に向ける。

「歩きながら聞こう」

　バリサリウスは従者たちから離れ、部屋の出口に向かった。磨かれた大理石の床に足音が響いた。扉の外で待機していた十二名の護衛官と将官たちが通路を歩くバリサリウスにつきしたがい、武官が歩調を合わせようと足を速めた。

「ノーブル提督から連絡があったのだな。いつ戻ってくる?」

武官が口ごもった。「はい……確認が取れたため即座にお知らせすべきと考えたのですが……実は、提督とは連絡がつかず、〈王のまなざし〉が失われた恐れがあります」バリサリウスに知らせを伝えると、武官は息を止めて待った。

バリサリウスは扉の前で足を止め、眉をひそめた。

「失われた？」

武官が石のような表情の護衛官たちを見やり、床に目を落とした。「破壊されました」

「なんだと？」バリサリウスの険しい声が通路の高いアーチ天井に響いた。

「艦が衛星ヴェルトに墜落して大破したことを確認しました。おそらく生存者はいないものと思われます」

バリサリウスは扉のほうを見た。その顔がしかめられる。「生存者？　なるほど、生存者などいるはずもない。あの娘なら必ずそのようにする」

武官が怪訝な表情を浮かべた。「あの娘、とは？」

バリサリウスは武官を見返したが、何も言わずにケープをひるがえして背を向けた。足早に扉に向かうと、近づくにつれて扉が明るくなった。両側に立つ衛兵が彼のために扉を開けたのだ。バリサリウスはバルコニーに足を踏み出し、待ち受ける何十万人ものインペリアム兵団を見下ろした。彼が片手を挙げると、眼下で歓喜の声が爆発した。兵士たちの前には全身をアーマーで固めた者たちが並んでいる。バリサリウスは深々と息を吸いこみ、群衆を見渡した。

兵士たちが声を合わせて執権の名を呼び、大きなうねりとなっている。

バリサリウスはもう片方の手も挙げた。それを合図に、彼の周囲に無数の花びらが舞い始め、足もとに降り積もった。バルコニーの下では兵器と兵士のパレードが続き、群衆の熱狂を引き起こした。空を見上げれば、千隻もの戦艦が非の打ちどころのない戦闘隊形で浮かんでいる。彼はほほ笑み、ひとりつぶやいた。

「アルテレーズよ、おまえはたったひとりだが、こちらにはこれほどの大軍がある。どこまでも追いつめてやるぞ。覚悟するがよい」

謝辞

以下の方々に感謝したい。途方もない物語を創造し、このようなすばらしいプロジェクトに全力を注ぎ続けるザック・スナイダー。物語の要所要所で大きな助けになってくれたアダム・フォアマン。何百万という読者に物語を届けることに労力を惜しまない〈タイタンブックス〉の全スタッフ。このプロジェクトに精力的に取り組み、ずっとわたしを信じてくれたダクワン・カドガンとマイケル・ビール。よい本というのは開始から完成までかかわったすべての人たちの努力の総和であり、そのプロセスに欠かせないのが編集者である。

日々わたしを導いてくれる先人たちに感謝を捧(ささ)げる。

訳者あとがき

SF・ヒーロー・ファンタジー・ジャンルの映画に今なお大きな影響を与え続けている『スター・ウォーズ』。世界中の映画作家に多大なインスピレーションを与えた黒澤明監督の代表作『七人の侍』。その二本の世界観を贅沢に合体させたといえるのが映画『REBEL MOON』である。

この映画のルーツを探ると、一九八〇年代後半までさかのぼることができる。監督・脚本を担当したザック・スナイダーがアートセンター・カレッジ・オブ・デザインの学生だったとき、授業で「既存の映画を一本選んで別の舞台に置き換える企画」の課題が出た際に思いついたのが、宇宙を舞台にした『特攻大作戦』だった。〝ワケありの者たちが集まって命懸けの使命に挑む〟物語に強い愛着があるという彼は、「クセ者たちがチームを組む宇宙映画をいつか作る」と周囲に公言していたらしい。

スナイダーは一般的なアメリカ人の例にもれず、まず『荒野の七人』に出会い、のちにその原案である『七人の侍』を知ったという。やがて、日本の時代劇を宇宙SFに翻案すると同時に『スター・ウォーズ』の要素をふんだんに盛りこんだ企画を立てた。それを『スター・ウォーズ』シリーズの新作としてルーカスフィルムに売りこみ、プロデューサーのキャスリーン・ケネディと話もしたようだが、「まったく新しいキャラで、しかもR指定で作りたい」というスナイダーと「同じキャラで継続したい」というルーカスフィルム側の意見が合わず、結局、ディズニーによるルーカスフィルム買収にともない立ち消えになってしまった。それから十数年以上も棚上げとなっていた企画が、ようやく今回ネットフリックスの製作で日の目を見たというわけだ。

　メインストーリーは〝強大な暴力集団に襲撃される運命の村を守るため、農民が戦士を集める〟という『七人の侍』のプロットを踏襲しているが、そのほかにも『七人の侍』から細かいネタがさまざまなアレンジをほどこされて取り入れられている（たとえば、村は山々に囲まれて村落と農耕地が川と橋で隔てられている、村には板木を鳴らして危険を知らせる警報システムがある、侍と農民たちを率いるリーダーはかつて敗軍の知将だった、悪人の人質になった子どもを侍が助ける、金を払えない侍がその代償として肉体労働で返す、侍が村に到着したとき村人たちは隠れている、侍が人になつかない動物を乗りこなそうと試みる、若い侍が村の娘と恋に落ちる、戦闘の前にやってきた敵の斥候を殺害する、焼き討ちの炎に包まれる村で侍が子どもを抱き上げる……）。『七人の侍』を観ている方は、それらがどの場面にどのような形で出てくるかを確かめるのも楽しいだろう。

　映画『ＲＥＢＥＬ　ＭＯＯＮ』は『パート１：炎の子』が二〇二三年十二月、『パート２：傷跡を刻む者』が二〇二四年四月にすでに配信開始されている。映画をご覧になり、このノベライズを読まれた方は、両者の内容がだいぶ異なることにお気づきだろう。もともとスナイダーはヴァイオレンスとエロスをしっかり描くR指定レイティングのおとな向け作品を目指していたが、幅広い視聴者に提供したいネットフリックスの提案で、ＰＧ13指定の「通常版」とR指定の「ディレクターズカット版」を同時に製作することになり、すでに配信されている映画が「通常版」で、ノベライズは「ＤＣ版」の脚本をもとにして書かれた、というのがその理由だ。とはいえ「ＤＣ版」の全貌はまだ明かされておらず、スナイダーによると「通常版」とはパラレル世界の話といえるほど、同じセリフも意味合い

が異なる場合があるらしいので、どうやら単にエピソードを増やしただけのバージョンではなさそうだ。「ＤＣ版」はノベライズともまた異なる可能性すらあり、脚本に存在しているのに「通常版」でも小説でも削除されたエピソード（たとえば、民間人が作ったロボットをマザーワールドの議員と提督がジミーとして軍事転用した顚末（てんまつ）など）が描かれるかもしれない。ともあれ、スナイダーは「ＤＣ版」を「商業的ニーズをいっさい無視して自分の好きなように作った」とのことで、実に計六時間の長尺になるらしい。二〇二四年夏に配信予定の「ＤＣ版」には期待しかない。

本書『パート２：傷跡を刻む者』の終わり方からすると、当然ながら続編が予期されるが、ネットフリックスからは製作の有無に関する正式なアナウンスも出ていない。スナイダー自身は、『パート３』の予定はあるのかと質問されて、「自分が続編を作るとしたら四部作ないし六部作になるのではないか」と答えている。果たして新たなるＳＦサーガの誕生となるのか、こちらも楽しみでしかたがない。

二〇二四年四月

入間　眞

【著】V・キャストロ　V.Castro

V・キャストロ（ヴァイオレット・キャストロ）はテキサス州サンアントニオ出身のメキシコ系アメリカ人作家で、現在は英国在住。フルタイムの母親として時間を家族に捧げつつ、ホラー、スペキュレイティブ・フィクション、サイエンス・フィクションにおいてラテン系の物語を執筆している。近著に『The Haunting of Alejandra』『The Queen of the Cicadas』『Goddess of Filth』などがある。

【訳】入間 眞　Shin Iruma

翻訳家・ライター。主な訳書に『ウィリアム・ギブスン　エイリアン3』『1日1本、365日毎日ホラー映画』『ハリウッド・ブック・クラブ　スターたちの読書風景』『「ダーククリスタル」アルティメット・ヴィジュアル・ブック～ジム・ヘンソンによる究極の人形劇映画の舞台裏～』『スティーヴン・キング 映画＆テレビ コンプリートガイド』『ホラー映画で殺されない方法』『女子高生探偵 シャーロット・ホームズ』シリーズ（小社刊）、『長い酷暑』『裸のヒート』（ヴィレッジブックス刊）、『ゼロの総和』『ジョニー＆ルー 絶海のミッション』（ハーパー BOOKS 刊）、『パイレーツ・オブ・カリビアン 最後の海賊』（宝島社刊）などがある。

REBEL MOON パート2：傷跡を刻む者

2024年6月11日　初版第一刷発行

原案　ザック・スナイダー
脚本　ザック・スナイダー、カート・ジョンスタッド、シェイ・ハッテン
著　V・キャストロ
訳　入間眞

カバーデザイン　石橋成哲
本文組版　IDR
編集協力　魚山志暢

発行所
株式会社 竹書房
〒102-0075
東京都千代田区三番町8-1
三番町東急ビル6F
email：info@takeshobo.co.jp
https://www.takeshobo.co.jp
印刷所
中央精版印刷株式会社